U0830189

性情存根 XINGQING CUNGEN

APGTIME 时代出版
时代出版传媒股份有限公司
安徽文艺出版社

陈亚洲，诗人、品牌策划人、营销演说家、商业表达工程创始人。1984 年生于湖北宜都，曾客居安徽合肥求学、谋生，2007 年到北京工作、创业至今。热爱文学，并擅长用文字和语言的力量为企业创造商业价值。

性情存根

陈亚洲◎著

时代出版传媒股份有限公司
安 徽 文 艺 出 版 社

图书在版编目（CIP）数据

性情存根/陈亚洲著.—合肥：安徽文艺出版社,2020.7（2023.4 重印）
ISBN 978-7-5396-6918-2

Ⅰ.①性… Ⅱ.①陈… Ⅲ.①诗集－中国－当代②散文集－中国－当代 Ⅳ.①I217.2

中国版本图书馆 CIP 数据核字(2020)第 037050 号

出 版 人：姚　巍
责任编辑：宋晓津　　柯　谐　　　　　　装帧设计：徐　睿

出版发行：安徽文艺出版社　　www.awpub.com
地　　址：合肥市翡翠路 1118 号　　邮政编码：230071
营 销 部：(0551)63533889
印　　制：阳谷毕升印务有限公司　　(0635)6173567

开本：880×1230　1/32　印张：10.625　字数：180 千字
版次：2020 年 7 月第 1 版
印次：2023 年 4 月第 2 次印刷
定价：48.00 元

小引

文学的诗歌自有“格调”和“格律”在。但我是不管的。我追求的，是心中的“诗意”和“诗人”存在。

我的诗，恣意纵横，无所顾忌，唯有性情。结集《性情存根》，且当自珍，或有共鸣。

曾经想过用另一个名字，叫《无格集》——无格，有真我；无格，亦自成一格。

我一直对自己比较狠：全年无休，四处漂泊，熬夜创作，隐忍不争，云淡风轻……偶尔，即便一个人，我也会对自己很好：比如吃一顿大餐，比如喝一瓶好酒，比如，拥抱精神世界的诸多超级美好——我在李白坟前和他共饮，我在东坡故地与他神交，我徜徉在康河的柔波里朗诵《再别康桥》，我无论在哪里看到大妈老太在跳广场舞立即自如地加入其中……

呵呵，我是神经病也好，疯子也罢，抑或是“时尚古人大小孩”吧。

随遇而安，自得其乐，我生下来是为了饱览风光，舒展性情，快意江湖，留下精彩和经典，而不是自欺欺人于蝇营狗苟、尔虞我诈！于我而言，一瞬间，也是永恒的光！

我的角色定位里，诗人，确为“第一身份”。不过我不是愤世嫉俗、不事生产的诗人，我是追逐世俗梦想、创造价值的诗人。但无论如何，诗人就是诗人。如果你愿意，人生有诗意。我总能发现人间点点滴滴的诗意，于是也才能为品牌做出最好的创意。

唯有诗，无惧风流云散。

陈亚洲

目　录

辑二　绝律歌

辑三　长短句

辑四　随笔一束

辑一　自由体

孤　岛

这个孤岛
四面黑压压的
全是水

肮脏的水
连盲鱼都不肯生长
也没有船只通航

我在孤岛上
没人告诉我
往别处的出口
在什么地方

这孤岛
除了绝望的死水
并无别样的风光
可以欣赏

我描述不出阳光温暖皮肤的感觉

我从未见过绿色
是什么样子

2002 年，18 岁生日

该走，别再留

你不适应南国的气候
这饱含辛酸苦闷的日子
令你紧锁眉头

该走,别再留

你本该穿行于时代的浪尖风口
又何必把这不属于自己的位置
苦苦固守

该走,别再留

你的火红的青春理当朝气蓬勃
你说你要向人间展示你
真实的拥有

该走,别再留

是的,该走

别再留

别留在这里
留在彼此思念的心中
留在你我重逢的梦中
道一声珍重

2003 年,从顺德工厂走出,至合肥寻路去

我不愿意

我不愿意经历过火与冰的考验的爱情
莫名其妙地终结
也不愿意万水千山纵横的澎湃的心
无声无息地停歇

我不愿意和平宁静的庄园
因为突如其来的天灾人祸
尸横遍野

我不愿意人与人之间漠然清冷
身居闹市
却仿佛与世隔绝

我不愿意疾病缠身
失去灵敏
悲伤与哭泣
在这盛年的季节

我不愿意虚与委蛇

违背赤诚
承诺需要强颜假装的约定

我真不愿意
我不愿意本来就不多的缤纷美梦
一个一个地破灭

风　景

没有轻柔的春风吹拂柳枝
没有企盼的美丽姗姗来迟

没有健康肥沃的土地
没有风调雨顺的天气

没有“淡妆浓抹总相宜”

没有人寄寓全部的心
没有人灌注所有的情

没有纯真与专一

没有——
哪怕真的一无所有

还剩你和我
会化作一片独特的
风景

感　　谢

无须留恋梦境
尽管现实残忍
尽管不幸
依然感谢生命

感谢真情
感谢所有施恩的人
感谢你
如此慰藉心灵

珍惜那真

身似不系之舟
不觉纯洁的心灵
难见真的人
……

都说这个时代
写诗是一种奢侈
然而除了诗
更如何倾诉心事

那是夏日的阳光灿烂
那是秋日的云淡风轻
那是冬日的剔透晶莹
那是人间的四月天啊
何其浪漫啊,多么温馨

如何相识
如何相知
已然成遥远旧梦

何必重温

我们彼此呵护
无论深沉　空灵
我们相互关怀
不管暧昧　清新

我们早已告别故作高深
我们不会冷漠着表情
我们早已懂得
——不止一种生命

青青小草见精神
淡淡白云知心境
可还有发现美的眼
可还有感受爱的魂

但愿
岁月不失性情
但愿
一方净土尚存
但愿
人间重现光明
但愿
一切皆为本真

光　谷

雨夜苦思冥想
乐在其中
岁月不容辜负
时光匆匆

何必恁多是非
尽可不计荣辱
根本无谓得失
哪有恁多对错

幸遇良友几人
于路边摊围坐

暂且不上酒肉
把清茶一盏
把传奇从头说

南　京

好久没来南京

从历史看
这里曾百万雄师过大江
这里是朱元璋的王气金陵
这里有秦淮河的波光艳影

好久没来南京

从现实看
这儿发生过张嘉佳笔下的彻骨浪漫
这儿矗立着霸气十足的云商苏宁
是的,这儿,有一位有品位的孟非先生

蓝

天之蓝
是因为清风将雾霾吹散

海之蓝
是因为包容将胸怀放宽

梦之蓝
是因为理想打败了时间

心之蓝
是因为真善美就在身边

蓝色，好蓝
蓝色，不难

活　　着

我们一直赶路
多数时候看不到出路
是发现美丽的眼睛
和善感不多愁的心
使得人生成为风景神奇的旅途

每个人都会死去
过瘾的是过程有趣
不卑不亢
合情合理
有张有弛
我们总会抵达满意的高度

说生命有轮回
那是安慰
切记,莫把时间荒废
有钱、出名、美梦成真……
统统是生命的衍生物
——只要我们全力以赴

心　声

我的眼
见天下无一个不是好人

我的心
总有懂的人听

我的胸
是海

我的脑
是一座书城

我的灵魂
还能敏锐地觉得
每一天清晨的
万象更新

和　你

和你在成都
吃正宗川菜,泡深夜酒吧

和你在杭州
西湖漫步,望孤山雷峰塔

和你去云南
登苍山,住在洱海边
……

和你回乡里老家
那儿有田园,山林,自家种的茶
喂猪放牛羊
狗陪我们晒太阳

静静待着
你是全世界

得　闲

又一回降落虹桥
坐上接我的车穿越上海

海派的风一阵阵吹过
萦绕我心
有一种美，有一片真
伴我前行
……

到上海最高楼顶层吃晚餐
举杯，邀外滩灯火
……

次日驱车往杭州去
忙完白天
在二十二点十五分的西湖畔
看长者伴着老歌跳广场舞
……

忙里，才得闲
若不忙哪有闲

一路见人见事看山看水
我悲观的眼睛善感的心
终能体会生活的幸运

如果可能

扔掉范思哲
打起背包

脱了阿玛尼
换上冲锋衣

甩开电脑和麦克风
牵着你的手

亲爱的人啊
让我们浪迹天涯

深圳的深

深圳的深夜
友谊,共鸣,出其不意的相遇

深圳的深情
海景,思考,流光溢彩的传奇

深圳的深度
财富,文明,依然绽放的生机

多好啊,这一片神奇土地
匆匆行迹
已然满满当当
重新出发
必然势不可当

四月末的上海

四月末的上海
在闵行起床
到宝山讲演
再去徐家汇
喝个宁静下午茶

四月末的上海
和渊源最深的朋友
合作最久的伙伴
吃顿江西菜，饮几杯梦之蓝
又有知己相伴
上环球中心九十二层
凌空芝华士，沉醉在心田

四月末的上海
温度正好，阴雨连绵
在这样的天气里构思，灵感充沛
在这样的氛围里读书，心香满满

四月末的上海
生之多艰
大家都不轻松
谁能开心地笑
谁在畅快地哭

四月末的上海
浮沉聚散
荣耀时何妨淡定自若
受辱后也能唾面自干

四月末的上海
依然堵车
堵车怎么办
我写下这些不算诗也是诗的文句
发往朋友圈

留待来生

纯真了三十三年
一生何求
我不过想读读书
写写东西
到处走走
和说得来的朋友畅饮几杯
无事而不生非

如今结婚生子
商海泛舟
享受着世俗美好
却也没变成名利之徒
也没有大富大贵的欲望
对声色犬马豪奢兴味索然
付出才智和热情做点喜欢的事
照顾家人,混个温饱
活到老,学到老

浮躁荒凉的世道

我依然怀着真情真性
传播正能量,尽可能多创造些美好
与人为善,成人之美,见人人都好

是一个明明怀旧又必须努力创新的
时尚古人大小孩啊
虽是一团矛盾
却也刻骨铭心

有些梦想和理想的实现
恐怕只能留待来生

第一次的周庄

都说小镇的魅力全在江南
都说周庄的水乡魅力无边
于是工作结束
一行人往周庄去

我们抵达时
夕阳已西下
原来沈万三才是周庄的名片
猪蹄吃万三,黄酒饮万三,景点看万三
夜幕中看不了景点了
酒足饭饱,我们跳上大娘摇橹的乌篷船……
夜半对酒当歌,感觉没有时间

穿上雨衣,大家出去逛周庄
寻找陈逸飞的画笔,双桥多浪漫
默念余秋雨的文章,半日已千年
……
在临河的窗边畅饮黄酒
朋友们听我演绎狂妄和谦逊的辩证法

……

说啊，笑啊，快活啊
走到哪算哪吧
反正走到哪都是我们这群人
漫无目的，所以境随心转

一次看不完
不要一次看完
我们约定，人齐了还来周庄玩
也许一个月也许十年
最好，连吃饭的那张桌子也不要换

江南烟雨
你，我，心间

长安从未老去

两千年前
长安才是世界的中心
无敌的文化,无敌的汉唐人
而今,终于又重构“一带一路”壮美的经济走廊
——中国有梦,伟大民族终将复兴

住的地方叫芙蓉坊
聚会之所叫唐乐会
……
光听名字就醉了

这是文化的魅力
是大唐的气派
是中国的底色
……
无须刻意押韵,读来也朗朗上口

何况还有——
初见如故的性情风情才情

再见知己的心声雨声歌声
……

王维说劝君更尽一杯酒
李白说与尔同销万古愁
……
何妨一醉
为这恰到好处的一切

西安，永在心里
长安，从未老去
……

合肥，我从未离去

合肥
是梦里的合肥
也是现实的合肥
一座城,改变一个人
合肥于我,恰如是

来合肥前
我在南国工厂的车间当工人
苦闷、愁烦,度日如年
正不知人生怎么办……

2003,记不清是几月
我从“非典”疫情中逃离
在一个大雾重重的清早抵达合肥
孤身一人,身无分文
人生,似要重新开篇……

幺爹幺妈以无私大爱包揽了我的生活和再教育
我却对校园依旧兴味索然

偏爱舞文弄墨，漫无目的投稿
眼看自己的文章一字不改登上报刊
心花怒放
可是稿费还吃不饱饭

开始写软文，卖广告
开始拿着发表的文章找工作上班
开始“混迹”，开始结交
开始“乱来”，开始瞎浪漫
……

笑万丈，泪千行
风雨，灿烂
不顾，不管
诗酒年华，很傻很天真
很美，不会回来

转眼 2007
我在合肥的四年大学毕了业
龙哥说，我们去北京
……

后来发生的一切是我意料之外的
但我知道

即便在北京运气尚好贵人不少
有了贤妻慧子,也还做了些事
所有璀璨华彩的初始光源
只能是——合肥

有至亲,有知己,有铭心刻骨的记忆
合肥的草木春秋
合肥的君子佳人
……
明明几年未见,却好像昨晚刚见
合肥——我理所当然的第二故乡

回到合肥又离开
望着车窗外街景
不再年少的我,竟热泪盈眶
合肥,我从未离去……

优越感

不是经历了,就能成长
我能

不是承受了,就能领悟
我能

不是知道了,就能做到
我能

我是寂寞的,我也是欢腾的
我是悲观的,我也是喜悦的
我是无望的,我也是可为的
……
我相信,我能

一天不止二十四小时
一辈子何止一次人生
哪有什么成功
但确实有

——无限的可能性

怀着一片赤诚
我始终认真

乌镇游，为木心

我期待乌镇游
多半因木心
互联网大会,不就是一个会吗
我更在意伟大的灵魂

我们来乌镇时
先生已仙游近六年
文人、商人、当官的……
面对木心,良知未泯
有权的用权,有钱的出钱,有力的出力
终建成如此好的一座木心美术馆

游馆的人自然不多
却个个像"从前的人,多认真"

有精致妆容的女生拿笔在本子上认真抄写墙上木心的诗行
有自称粉丝的少妇说木心那么有才,还居然这样帅
有朝拜者如我在此购几套《文学回忆录》送给还读书的友人
……

还见到印着木心名句的T恤，如：
“不知原谅什么，诚觉世事尽可原谅”
“希望出现希望”等等
买了好多件
换上，就不舍得脱掉
……

男女老少
在文化艺术的圣地高台慢慢走
不识时务识俊杰
风啊雨啊一顶桥

欧风美雨半生飘零
中华文脉魂归乌镇
何谓诗画双绝
何谓学贯中西
更何谓博古通今
幸亏，在担心没什么人可崇拜的年代
——我们，有木心

看过美术馆
同游六人随意挑了家客栈吃饭
老板说

我们坐的这张临水的桌子
曾坐过李连杰，还有马云

身为商业表达者
我也会因如斯般巧合兴奋
但说真的
明星和首富对我的吸引力
远远不如——木心

何况，木心之前，还有那样恬淡而浪漫的丰子恺
还有古时候，编过《文选》的太子——昭明

和好朋友游玩好开心
文化乌镇是独一份
人问我为何不去看看木心故居
我说我宁愿他依然活着，写作，画画
我不忍叨扰
我害怕物是人非，徒增伤感
……

2017，岁末的诗

2018 年元旦前三天
在武汉做完演讲
忽然想看看长江
住进临江大道说不清到底属于万达还是富力的威斯汀
读读写写,照常工作
一个人辞旧迎新

雾气锁住对岸
窗上沾着泥泞
江景房看不到江景
却高兴见到你
也重新看见自己

愿告别桌子直径太大夹菜需要转盘的饮宴
愿告别为逃避现世而沉沦的空洞喧嚣
愿举杯邀明月,邀你
愿一个人浅斟低唱,狂歌舞蹈

愿告别自负自雄的浅薄才华

愿告别自欺自慰的虚假成就
归我真实的芳华与成熟
同长江相伴万古流……

顿觉豁然开朗，想象力无穷
人活着究竟什么最重？
难道是糊里糊涂傻开心
绝不——最重要的
是那颗历经磨难饱受摧残依然如初的赤子之心

与其相同，不如不同
与其不同，不如大同
同尘和光，此即天堂

鄙我昨日，走板荒腔
人生实短，行者有疆
日月更替，岂有未央

且行且惜，莫急莫停
假以时日，风雨无恙
同成大器，山高水长

每个人都是颜色不一样的烟火
我们会（要）成为怎样的烟火呢？

我只有一个选择
——成为真正无可替代的我

元旦，在潭柘寺

佛在心中
路在脚下
钟声响在耳畔
香火旺着人间
……

一千七百多年的古刹
未必容得下三十多岁的芳华

高铁行进中，窗外有雪

在高铁行进中看到的一切更真实
哪来那么多繁华和光彩照人
天空从来萧瑟,大地原本贫瘠

不过是沾了些狗屎运气
一个个显得多牛×似的
你看这漫天的雪把肮脏的人间掩盖了
白茫茫多干净
面对如此纯粹,我们又算什么

一代人来一代人去
留下了什么痕迹
那么活这一生为什么,到底

愿彼此充满善意
期待出现归来的奇迹
只是平常,亦觉欢喜

写给李敖大师

我昨晚还在看李敖的自传，早上还在推崇李敖的文笔，上午还在演讲中朗诵了李敖的诗，结果讲完课收到信息：2018 年 3 月 18 日 10 点 59 分，李敖去世了！

脑癌忘恩负义
无情杀死人类最好的大脑

文笔和思维高标
正义伴雄辩滔滔
勇气随人格闪耀
……
我敬爱的大师
八十三岁归去
剧终，太早

你常说：
“要找佩服的人，我就照镜子”
我说：
“要找佩服的人，我就看你”

你的书、你的演讲、你的节目
各个时期的你的照片
大才子，真男人，伟丈夫
生龙活虎
笑傲江湖
我心中最后的名士风流
——风流人物的模样

记得那时
我在学校苦闷无比
不记得在哪里读到你的书
马上就感到快活的气氛
第一次觉得文字的乐趣

记得那时
我在工厂度日如年
无意中看见你一人撑起一档节目
立即就产生知识崇拜
感佩你“资料大王”的气象
沉迷你绝对独立的思想

记得那时
我在江湖脸肿鼻青

恰逢你神州文化之旅
三所高校三场演讲
黄钟大吕又云淡风轻
改变了崇拜者如我的人生

在北大的金刚怒目使我振奋精神
在清华的菩萨低眉让我明了心窍
在复旦的尼姑思凡帮我开了天眼

只有真人
没有假面
骂他是王八蛋
还能证明他是王八蛋
……
你就像一颗钻石
多面发光

我为你感动,被你感召
从此洗心革面
也要做一个有光彩的人
做一个活泼泼的人
做一个像样子的人
做一个
——像你这样的人

崇拜你细致入微的严谨，始终拿证据说话
崇拜你直接干脆的潇洒，永远说自己想说的真话
崇拜你出神入化的文笔，常常写看一眼就忘不掉的话
……
崇拜你纸上嘴上绝不饶人，现实中待人接物却老派文雅
崇拜你快意恩仇，神通广大

也许很少人理解我对你的感情
我们非亲非故，全无交情
但我必须感念一份恩

十三年前，你七十岁
你为表心曲念了放翁一句诗："樽前作剧莫相笑，我死诸君思我狂。"
十三年后，你八十三岁你死了
我（我们），真的思你狂啊……

二月二，龙抬头
人中之龙——你，走了
再也不会有你这样有趣有种有料的人了

你走了
人间已没有人可做我的偶像

你没走
你在我心里，在我身上……

2018 年 3 月 19 日，在上海至滕州的高铁上，含泪写完

母亲节与妻诗

你是儿子的母亲
你也是丈夫的第二个母亲

和你相识于我最沮丧的时候
而你参与我的生活后
我从此不会再有沮丧

人生坏成那样
居然上天还派了你来
即便再坏，又能坏成怎样

放下似玉如花的身段
你大着肚子挤公交
你屈着身子住隔断
……
只因你选择了寒门
亲近着贫贱

你说看中我的未来

日子也确实慢慢好了起来
因为,大家都说
——你旺夫啊

而你嫁的男人
在生活上是个笨蛋
在事业上发展的代价
是经常不在你和儿子身边
我知道
你承受了太多,放弃了太多,隐忍了太多
……

在你的唠叨里我增长智慧
在你的牵挂中我拥有温暖
……
基本你是独自抚育儿子长大
难怪儿子说
他最爱的是妈妈

今天是你的日子
我又不在你身边
我努力努力再努力
我只想早点退休
什么都不管

牵着你的手，重温旧梦
陪你过你想过的生活
去你想去的地方

宋雅无尘倾世
晨曦有光照我
你始终是我的如花美眷

深情穿透岁月
优雅度过年华
……
母亲，母亲
伟大的母亲
感激有你的每一天
就是感激生命的每一天

写给儿子的母亲，我的妻子宋晨
父亲、丈夫亚洲，写在2018年母亲节，河南差旅中

酒的诗

好色无胆
好财无能
好酒无量者
最见性情

酒量是喝出来的
归根结底
喝酒的状态取决于同谁共饮

可以做到不天天喝酒
但怎么都做不到天天不喝酒

每一个不曾喝酒的日子
都是对生命的辜负
却也是对身体的爱护

果真如此吗？
相比当代人各种“自杀式”享乐
喝酒即便不全是有益身心
那也不过是伤身程度最低的一种

有感于人生二首

一

我们年轻时
谁不曾壮志凌云
我们有光彩照人的青春
任意挥洒,性情纯真

我们渐渐长大
开始品尝艰辛,理解世故
纠缠利益和声名
或者沉陷虚荣浮华终生
或者阅尽沧桑依然清醒
总归是迷茫于梦想与现实
徘徊着灵魂与生存
之间的一团矛盾

开始看清
这世界假多于真
而生活总要前行

·

众人看见我楚楚衣冠
却看不见我在夜半醉眼泪痕
众人习惯我谦谦君子
却也习惯了我渐成常态的粗口恶声
莫非是“佯狂难免假成真”
……

我们会老去
我们回顾这一生
到底何为立身之本

我们终会死去
我们临终最后想起的
会是怎样的身影和心情

活着真是苦真是累啊
况且,又有什么意思呢
人间来一遭,究竟有什么意义

我死了
有几个人记得我,记多久
我留下的那些东西和思想(倘若万幸留下的话)
如果不随我的逝去而逝去,又能有几个知音

管他天荒地老
究竟什么重要
只求活着时多尽本分
无愧于心

2018 年 7 月 5 日，北京至上海高铁上

二

热闹，热闹，热闹……再热闹一些吧
混迹名利的江湖
蝇营狗苟，人仰马翻

安静，安静，安静……再安静一点吧
徜徉精神的世界
书香酒陈，风轻云淡

然而安静和热闹果真对立吗
就像高铁上，别人的孩子在不停地哭
你好烦
若是自己的孩子呢
多半是不觉得烦了吧

要想活得好

或有一条道
就是把名利江湖和精神世界交织着一起过
随他浪奔浪流，还有沧海一笑……

2018 年 9 月 6 日，在高铁上

六月初一，夜深

此时,我在七树醇酿听 Jerry 讲酒
真是特别讲究
——我,像在听天书

幸好,最后回归到一个词:纯粹
何为纯粹呢
——一旦转为话语,纯粹立刻不见

魂,那么烈
心,那么软
小荣开始说话
——我,要悟好几天

杨洁喝醉以后，我写了这首诗

悟到的每一种人生
感受的每一个生命
一边是知足
一边是感恩

喝下的每一口佳酿
品味的每一道香茗
一杯敬月光
一杯敬黎明

体会的每一次忧伤
经历的每一类惊喜
一面有兴奋
一面有沉沦

我已昏睡
我会清醒

静静站在中间

体会过名的虚无
我不在意落后，也不争取领先
宁愿大隐于市
我，静静站在心的中间

感受过利的追逐
我不沉沦浮华，也不安于平淡
习惯忙里享闲
我，静静站在业的中间

经历过人的冷暖
我不奢求同情，也不委曲求全
远离尔虞我诈
我，静静站在灵的中间

心，无旁骛
业，有根本
灵，归如来

红尘可笑
浪子不哭
人生实苦
万事可乐

我,在哭笑之间哭笑不得
我,在苦乐之间苦中作乐

2018 年 7 月 21 日(农历六月初九),写在武昌

上海忧伤与否

我说：
“魔都”之秋，上海八月末
明媚而一点忧伤也没有

她说：
因为法国梧桐还没落叶

两　面

一面是激情,一面是耐性
一面是天分,一面是历程
一面是力量,一面是底蕴
一面是光彩,一面是慧根

光有一面,或者一面压倒一面,还是不行
——通达来自圆融,圆融源于平衡

江南路上

乘坐舒适的“阿尔法”疾行于江南
不是“长安花”，一日也看不尽

不为证明什么
情绪和虚荣我早已不管

让子弹飞一会儿
并不着急，也不刻意
但缤纷都归到我们这里来了

人间终被我征服
世界终为我改变

以简为高

生活,要追求简单,简单才快乐
事业,要追求简要,简要才聚焦
表达,要追求简明,简明才精准

以简为高
极简方显功夫

越简越好
留白才叫境界

8月31日晚，小荣邀至广州东哥雅厨品酒有记

天地有仁
葡萄可生美酒,款款馈赠于人
大师性情
名曲古词相伴,句句感召心灵
中美嘉宾
此刻不分国度,人人抵达至真
我在酒中开始讲诗
又一次,情不自禁
……

也许,酒未必全懂诗
正如,诗也不全懂酒
然而好,就好在“不全懂”啊——
美乐王鸭子游,成了诗人
鹤冲天声声慢,通了酒神
……

谁道知音难觅
——谈笑间,归来了白衣卿相

梦里依稀有光
——好尽兴,忘不了浅斟低唱
……

2018 年 9 月 1 日,在广州飞北京飞机上,等待起飞

初访鲁迅故里

既然来了绍兴
怎能不看鲁迅

明知到达已是夜幕
从百草园到三味书屋进不去了
依然义无反顾
一行人驱车四十公里
只为来咸亨酒家
喝几杯黄酒
吃几粒茴香豆

绍兴市区的高楼俨然时尚大都会
即便周氏兄弟、兰亭、沈园文气浓厚
改变不了的事实
——是商业成为统治一切的领袖

八百多一桌小碟子菜
三百多一瓶无味的酒
无论你长衫短衫

孔乙己,还是孔丘

天底下名胜古迹本无不同
哪怕亲临后失望更多
我依然坚持抵达
哪怕伤心,也要用心欣赏
因为心中有神灵在
——有性情荡漾

感谢前来陪伴的友人
我总算到了鲁迅的故乡
找到《呐喊》《彷徨》的源头
感受《朝花夕拾》的现场

在绍兴住一晚吧
枕着春秋的秋意和江南烟雨
遥想民国的北平、厦门和上海
也许梦里会遇见大先生呢
我要拥抱他的欢笑
我愿陪伴他的哭泣

2018年9月10日,在绍兴

听　　心

本来我期待的是水流花开，空山无人
何曾想这尘世我必须亲临
还要主动拥抱这横流物欲，醉纸迷金

问我开不开心
呵呵，还是先问还有没有心吧

如果——
如果工作不是为了发财
如果阅读不是因为无聊
如果出走不是为了谋生
……

其实——
其实工作只是工作
自有天命和精进在
其实阅读只是阅读
自有黄金屋和颜如玉在
其实出走只是出走

自有千里目和青云梯在
……

一切,不只是肉身的事情
还有心灵
听从心灵的声音
行走于天空与大地之间
合为一体,终了无痕

2018 年秋,从武汉天河飞上海虹桥前

珠江望月

月亮走
船也走
珠江晚风解千愁

天上月，
水中月，
粤海夜景点万灯

眼前景
心中景
境由心造是真境
……

2018 年 9 月 20 日(农历八月十一)，首度夜游珠江随写

中秋散句

历经长江、浦江、珠江的漫游
孤身一人凌晨飞回无江的北京
——缕缕凉风袭来，顿觉一叶知秋

而手机屏幕的农历日期显示的汉字
分明已然是：八月十五
——千古中秋又至，嫦娥再舒广袖

东坡在千年前的今夜填词怀子由
亚洲在千年后的今夜吟句思亲友
句曰：
月圆不只中秋
心有即若聚齐
便是屐痕处处
此生归梦未休

月圆只在中秋
节有即需仪式
便是鲜肉网红

传统还得讲究

谋生纵横江湖
劳苦身在世俗
感念佳节中秋
年丰面新情旧

2018 年中秋(前)夜,地球是月圆时

顿　悟

一直饮酒与茶
今天早上在酒店烧开水
喝下一口纯开水,方知“上善若水”

总是吃很多菜很多主食
今天早上有意“轻断食”
一碗粥加一块咸蛋,感觉很舒服

深深觉得做一个活着的人都是学问啊
人,真奇怪
既然早已懂得素简和宁静的可贵
为何还要纵欲慵懒不加收敛
把自己弄得面容狰狞,疲惫不堪

多喝水绝对对
少看手机多看书,绝对对
不是一吃饭就一定要搞两杯,绝对对
夜太深就别吃东西了,绝对对
……

好好学习天天向上，专注、高效率工作

绝对！对！对！

约　定

倘若你是我的粉丝或迷妹
想要签名拍照,把酒言欢,见我一面
现在,我们约定一个可能的时间地点

隔几日你来试试运气——
接近零点的深夜
在首都机场 T 2 航站楼的停车场
我会和滴滴司机碰头

如果有幸真碰上你
你和我便同乘一辆车
去簋街消夜喝酒
然后散步,穿过某条胡同
绕着岁月鼓楼
……

又一次夜里回京,随写

在宜都失眠

每一次回家见到亲人后住在宜都
头天晚上都睡不着
不知为何失眠

横竖是睡不着了
看窗外夜灯,不远处有江
清江正汇入长江
耳边有半夜鸡叫

在秋天，读东坡写在秋天的词

世事一场大梦
人生几度秋凉
东坡此词,语近悲凄

然而世事一场大梦
尽可以“红尘做伴,活得潇潇洒洒”
人生几度秋凉
也能够“沧海一声笑,滔滔两岸潮,浮沉随浪记今朝”

当年东坡也这样活的
我们都是诗人的性情
谁又不知道呢
人生的本质就是一幕悲剧啊
当喜剧过就好了呀
既然还要活着,那就活在当下吧

喝酒的喝酒
饮茶的饮茶
读书的读书

聚会的聚会
吹牛的吹牛
创作的创作
……
名利于我何有哉

2018 国庆回乡歌行

我辈生长的热土
生长过屈子的才情
风华绝代的明君
……
这里的峡江
吸引李白“来从楚国游”
一首五律独步千古
而欧阳修“至喜”之文赋
也随至喜长江大桥通车流传在千年后
……

凭着吃一瓣、喝一口就精神的柑子和毛尖
说这片土地物华天宝，便不算过誉
再凭读一则、看一眼就开朗的永彬夜话和守敬书法
说我的家乡人杰地灵，也令人服气
……
况且，远远不止这些

我到过地方多了

神州大地处处都有好多好
然而故乡，我生于斯长于斯的
到底是很不同的——

祖辈们耕耘田园的精神力量
父辈们纵横天地的岁月沧桑
同辈们驰骋南北的无限荣光
晚辈们加劲成长的独特漂亮
……
每张笑脸啊，都大善大美
每次欢聚呀，都荡气回肠

领导毫无官气
兄弟从不设防
老友依然江湖
男女个个有量
……
我要奋斗，我身在北上广
我会思念，我心怀宜昌—宜都—枝城—纸坊

2018年国庆回老家度假结束返回北京途中，写完这些句子，车正过鄂豫界

没有……都是……

没有圆满的人生,都是无言的结局
没有想象的美好,都是攀比的烦恼
没有理解的和谐,都是虚荣的魔咒
没有意义的名利,都是浮华的喧嚣
……
一切,终将归于沉寂

简简单单
平平淡淡
随意就好
活完拉倒吧

计较太多,想这想那
顾忌太多,东的西的
不是太愚蠢了吗

简直就是太愚蠢了
然而,然而
——你,我,他,都知道,但做不到啊

十有八九

一命二运三风水
四积阴德五读书
六名七相八敬神
九交贵人十养生

古人毕竟是古人
说话都是真理
求诸己
第一先天因素不足
第十时间条件不够
其他皆可控制自如

如是观
活着并不可怕

红酒似血，普洱如墨

红酒似血
唤醒的是精神
普洱如墨
凝聚的是灵魂

胸中有墨,因而有恃无恐
心中有血,于是淡定无愧

写于京城晚秋的创作道场

人生三句

是怎样就怎样
该怎样就怎样
能怎样就怎样

怀念黄霑

1

你让流行承载品格
你让传统嫁接时代
超越雅俗,风华绝代

2

若没有你的歌
快意江湖难耐寂寞
繁华香港恐成沙漠

3

四大才子,数你最浪荡
三大名嘴,你最不设防
你复兴了正始之音
你激活了唐宋之魂

4

谁不知香港有个霑叔
痴人,快活人,性情中人
谁又知香港有个霑叔
你听的好歌都是他写的呢
从《中国心》,《上海滩》,到《当年情》,甚至《笑看风云》……

5

不信人间净耳聋
你终于病死,满怀悲愤
我自行我道
沧海一声笑
六十三岁谢世,是老天瞎了眼

6

终归无奈
但我知
男儿当自强
两忘烟水里
世间始终你好

2018 年 11 月 24 日,黄霑去世十四周年

游览故宫

人文，人文
——人一多，文就没了

在三亚和朋友们吃火锅

浪漫天涯啊
火锅沸腾

故友再聚啊
笑意盈盈

高山流水啊
一语知音

豪华落尽啊
我见真淳

创　作

除了创作，一无所有。
有了创作，无所不有。

不可能与可能

想要安安静静地做个美男子不可能
那就轰轰烈烈地做个大丈夫

杭州晓风书屋

来过
没有来错

广州跨年

倒不必超然物外
但　定慈悲为怀

广州和北京

白云到天河的路程
大抵就叫“城市化”

仿佛
在北京,从南五环到 CBD

深圳的歌

你知道你在做什么吗
你知道你要做什么吗
——人生的学问,不过是矛盾的平衡

一个老朋友
两个新朋友
任意没心没肺
何其有滋有味
——啊,这是心的共鸣,这是灵魂的交会

就这样吧,我该走了
就这样吧,我还会来

快乐只有一个问题,就是太快了
忘不了温暖的深圳
——时尚中的古典,繁华里的清音

2019 年 1 月 17 日晚,从深圳北往广州南

我的江山，只是江和山

人生苦盛于甘
事业顺少于难
暖冬的夜,走进熟悉的胡同
沉迷一个院子的味道和浪漫

花朵谢长于开
天空灰多于蓝
这里纯粹着友谊和性情
消解诗人骨子里的悲观

饮酒情重于酒
吟诗诗动于心
七树六人
醇酿绽放了生命

于是人生甘甜,于是不再怕难
于是鲜花盛开,于是天空蔚蓝
……

至乐时刻总是短暂
谁能独自偷得到欢

无奈在名利场转了个弯
蒙蔽了大好明月清风和江山

期盼有朝一日
我们的江山,只是江和山本身

2019 年 1 月 22 日,记昨夜七树醇酿的酒

酒后两章

其一

抵达至情至性的纯粹
并非因为喝醉
而是因为我们一直就按照本真活着
为了某种世故和某些目的而面目全非
那是成熟并未熟透
但也并非固执到狂妄的地步
一次又一次
悟道又悟道,践行再践行
一直羞愧,不断自修
……

其二

人生日常要转换时空，
每一天都有全新宇宙。
最珍贵不过此时此刻，
无限多美好在心境中。
很多人明天不会再见，
有几个一见即为挚友。
随意尽兴者何必设防，
人人皆彰显独特神通。

在书店诗集专柜前

原来世间还有这么多在用心写诗的人
真是令人高兴

比如,在《不三》里
很早自命诗人的冯唐
终于完成身份的确立

怎样才不焦虑

你焦虑于房子
你住了别墅依然焦虑

你焦虑于车子
你开上奔驰依然焦虑

你焦虑于美女
你拥有美女依然焦虑

你焦虑于面子
你名震江湖依然焦虑

……

你到底焦虑什么？
要怎样才不焦虑？

焦虑，多半是源于空虚
物质享受填充不满的空虚
家财万贯摆脱不掉的空虚

焦虑,本质是找不到自己
你有那么多东西没有用
因为你迷失了更重要的东西

静下来吧,找一找方向
日子还长,总会有崭新希望

大年初二,写给自己和朋友们

乡无愁

乡——愁——
将这两个字连在一起
起码要像余光中那样的人才有资格

我们这些人
一通手机就说上话,一趟飞机就见了面
一开动车子,就到了家
哪有什么乡愁呢

我们有都市的无奈,漂泊的辛酸
唯独没有源于故乡的愁

我们有很多愁
却没有任何一种愁和故乡有关
是故乡消解了我们的愁

黄永玉先生把故乡的河叫“无愁河”
把自己称作“无愁河上的浪荡汉子”
这不是故作潇洒,这是真实境况

所以我说——乡无愁
没有忧郁的乡愁
只有快乐的享受

你要不惑
不需要等到四十岁
你要耳顺
不需要等到六十岁
你要从心所欲
不需要等到七十岁
……

回一趟故乡就够了

大年初五，写于宜都

我们的宿命

当我坐在键盘前酣畅淋漓着字斟句酌，
我的心是圆满而安定的。

创作者的宿命是：
艰辛不足为外人道，而乐趣外人也理解不了。

不如让我们

不如让我们
多吃些青菜豆腐
多读点哲学、经济学和历史
改喝优质的葡萄酒

不如让我们
减少些应酬
多回家陪陪孩子
平淡日子也有滋有味

不如让我们
慈悲为怀，敢于纯粹，相信美好
爱阳光，爱月亮，也爱星星
哪怕有风，也爱雨做的那一朵云
静默的张力，让生活回归纯粹和空灵

不如让我们
随遇而安于每一个最理想的当下
哪一个地方都有人文和山水

不要急，慢慢走啊
学会欣赏，就有能量
只要心安，即是故乡
……

就像，此时此刻
人生如梦，春光明媚便好啊
一命似尘，自得其乐就行了
……

不止一面

你早就认识我,但没和我说过话
你说多次看我在台上演讲
多多少少有些咋呼咋呼,似乎略显张狂
却从没想到台下的我
是如此有血有肉,性情荡漾

我说并不奇怪
面对陌生人的气场
与亲近知己者的衷肠
断然不是一般的模样

之所以做得好商业表达
背后是承载着诚意的滴滴酒,杯杯茶
之所以从未设防和隐藏
是骨子里存储着魏晋风度,唐宋文章

过　程

当母亲生下你来，
你哭着，双手握紧，
便注定此生拼命索取的悲剧来临。

我们都会死去，
无论金庸，还是李敖。
我想我们会笑着离世吧，
满意于回归本来。
到那时，无论名利几何，双手终于散开，
带不走任何——哪怕一片云彩！

过程中呢？
明明还纯真地笑着呢。
居然就开始了竞赛。
有欲也刚，未见大海。
你一脚踏进外面的世界。
浑未觉那是苦海……

精彩，常常来自自欺。

无奈，还要投入表演。
……
这一世为人，
你究竟体会过多少真正纯粹的乐与欢！

还有多少时候？
江上之清风相约，何时得赴？
山间之明月照我，那里有路！
……

我一路行走，一路表达。
表达即知行。
表而能达，即知行合一。

不知寿命几何，
我怀着性情过着岁月。
让商业充满诗境。
给荒凉加点温馨。

2019 年 4 月 17 日，在首都机场飞广州前

回到从前

如果时光回到 1984 年
我出生于鄂西农家
说是书香门第,实际早已破落
只是奶奶还能教我《三字经》《百家姓》《千字文》
爷爷的退休工资还可以买回同村仅有的四大名著……
我就这样长大,就这样开始了芳华

如果时光回到 2003 年
我可以安做天之骄子,在象牙塔内
我偏当了大半年车间工人,在流水线上
我终于去了一个有至亲在的省会城市
写文章和文案,勉强谋生……

如果时光回到 2007 年
有位哥哥说我们去闯京城
不知天高地厚,身无分文,我也就来了
有人在老板面前告状,说我恣意妄为,牛皮轰轰
老板却说:有才华的人,都这样
哈哈,我感激老板,我越发骄纵,顾盼自雄……

如果时光回到 2012 年
我觉得打卡上班的模式已然不适合自己
在朋友的激励下果断辞职
我和相爱的人结了婚
我找到了自己的安身立命之本
……

时光荏苒
儿子已然六岁
商业表达工程也做了六年
毁誉不计,笑骂由人
我有我的自信和主张
居安思危,如履薄冰
我有我的焦虑和痴狂
遇到过至暗,感激贵人相助
收获过高光,唯有感谢上苍
……

时光到了 2019
已然是奔四的年纪
感到名的无趣
还要养家糊口
觉得利的虚无

还想建功立业
我追求合情和合理,与人为善
我对这个世界丝毫没有恶意
木心先生说
岁月未曾饶我,我也未曾饶了岁月
——我,自有我的意思和意义

我即便到了八十岁
也还有八岁的纯良率真
懂了就是懂了
不懂无须勉强
我自认为的
我是一个可爱的人,有趣的人
……

人啊人
哪个人不感到迷茫
哪个人没有过沧桑
幸好我们有真实的情怀
有美好的理想
……

我有我的积极,一往直前
我有我的宽容,海纳百川

我有我的感恩，敬你如天
……

我不知道这条路走得如何
我确信的是
无论时光回到哪一年
我还会这样走来
无怨无悔，问心无愧

2019 年 4 月 30 日，北京终于有了春暖，和好朋友在大兴唱量贩式 KTV

给人间一个微笑

谁真的伟大？
谁又真的渺小？
谁不是执念重重，对己对人完全两套？
……
哈哈，都挺好，春花秋月何时了？
——何妨给人间一个微笑！

谁真的拥有？
谁又真的失落？
谁不是山高路远，激情激烈终归寂寥？
……
哈哈，无所谓，天涯何处无芳草？
——何妨给人间一个微笑！

谁真的痴傻？
谁又真的得道？
谁不是无可奈何，抱负抱怨依然寻找？
……
哈哈，归去来，人人皆可为舜尧！

——何妨给人间一个微笑!

2019 年 5 月 8 日,世界微笑日,在高铁上

为什么唱歌

因为旋律动情
寄寓了多少浅薄和深沉

因为词句入心
连接着多少生命和灵魂

因为岁月流金
奔放了多少昙花和长青

因为歌友纯真
唱别人的歌
——发的是自己的声

歌友会再聚

我们约定唱歌
没有任何目的

听嘉鹏唱《红尘情歌》《迟来的爱》
《再也不能这样活》
——他把如此通俗的曲目唱得如此高贵

听读心的魔术师老乡强哥演绎《冰雨》
或者《你最珍贵》
啊！那是真的心的交会……

再听彭莱唱一首《囚鸟》
或者《后来》
哇！底蕴生成天籁，意境来自灵台

本蔓和我共唱《为了谁》
再独唱一首《康美之恋》
到底是《怎样》呢
——青春年华，何惧岁月如烟

香影唱起《隐形的翅膀》《欧若拉》
还有《幸福不是情歌》
酒量随之显露，哈哈哈哈，呵呵呵呵……

终于胡老板来了
你听他倾情诠释李宗盛
还有宋冬野
丝丝入扣，声声体贴……

我依然唱着《牧马城市》
《旧欢如梦》《免失志》
不过是一个《笨小孩》
《恭喜发财》又如何呢？
你看我叛逆吧，其实也很乖……

朋友啊，我不知道你们这么会唱歌
会唱这么多好歌
——诗酒趁年华，灵魂正放歌！

2019 年 6 月 2 日深夜，我们补过儿童节

你在这，我也在这

混迹大兴区南五环的人
难得来一趟三里屯
此时在不允许喝白酒的餐厅的露台坐着
红酒雪茄,清风徐来
才发现原来北京城也有上海滩的夜色
……
我有我的性情,率真
我有我的主张,独特
我有我的灵感,清澈
……
恰巧,你在这,我也在这

梦里追梦

叶倩文唱过：
留一半清醒留一半醉，
至少梦里有你追随。
胡适之写过：
你不能做我的诗，
正如我不能做你的梦。

一夜无梦，继续追梦。
无论留下什么，总要留下点什么。

留下点什么，
才对得起酒！
对得起汉语！
对得起岁月！

在雨中离开杭州

没有人会不喜欢杭州吧
反正,我喜欢

钱塘江和西湖居然同在一城
这样的气息,才叫真的江湖

遥想三变当年,随手填一首《望海潮》
金国皇帝读过居然就生了南下侵宋之心
——临安城,好一派温柔富贵

白居易、苏东坡在杭州做父母官
留下了几多风流才情
即便花天酒地,可丝毫不耽误为民造福
——苏堤白堤,是承载中华文化的两条堤

宗庆后先生展开渠道战略
企业家教父成为首富依然如老农般朴素
马云先生变革了生活方式
家国情怀感人肺腑,国际舞台长袖善舞

韩美林在这里设立艺术馆
蔡志忠干脆迁到此地居住
金庸射雕三部曲，也从杭州起笔
……

杭州可去的地方很多
西湖、西溪，还有西湖大学、西泠印社
苏小小墓、苏东坡纪念馆
灵隐寺、晓风书屋……
我都去过

现在来杭州
我干脆哪儿都不刻意去了
无论住在哪里，饮酒和唱歌在哪里
只要身在杭州
就是一种不可替代的美好

2019 年 7 月 13 日，回京高铁上

活着的表面与实质

人表面上活的,是功名利禄。
实质上呢?
人活的应该是:
精神、饮食和睡眠;
自然、音乐和诗歌。

惜乎我们都反着活啊!
累得要死,还装作乐此不疲。

我们在成都

成都是一座怎样的城呢？
这么说吧
你不敢说成都不好
——你说成都不好，那是你自己不好

事实如此
该有的，这里什么都有
不该有的
——这里没有不该有的

武侯名垂宇宙
草堂诗传千秋
锦里彻骨浪漫
处处树青水秀
找不到难吃的餐厅
见不到难看的女人
……

川剧变脸
阳春白雪雅死人啊

饮茶打牌
下里巴人巴适死人啊
哈哈，在成都
哪有雅俗之分

这里有余秋雨的都江堰
这里有查良镛的青城山
这里有司马相如带卓文君私奔开的酒馆
这里，还有上档次够悠久也确实好喝的国窖 1573
……

我们在成都
生活向生活靠近
灵魂由灵魂倾听

我们在成都
酒杯碰酒杯悦耳
风月喜风月欢心

……
我们在成都
我们一直在成都
我们始终在成都
我们永远在成都

霸道在草原上奔驰

我们开着霸道在草原上奔驰
有路，但确实不好找方向

走到不能再走了
中国移动已经发来驻俄大使馆的温馨提示
——再往那边走，就是普京的家

在草原天太低地太广人太小了
不禁慨叹：
人间蝇营狗苟，所为何事

你追名？能追到什么名
几千年不过就几个圣人
你逐利？能逐到什么利
到底有什么值得争朝夕

你看我至情至性，装疯卖傻
我实在期盼了无牵挂
……

矛盾的，暧昧的，挣扎的
无论如何无可奈何
让我们洗涤自己的心吧

天地万物，其实都归人所有
除非蓝天白云绿草牛马全不在了
……

多数人死于贪婪
多数人沉沦繁华
而少数人
——归于自然
——甘于平淡

繁华的舞台，贪婪的市场
那是我的世俗和工作
安魂的自然，归心的平淡
才是我的精神和生活

2019 年 8 月 11 日，写于呼伦贝尔草原，中俄边境

做什么诗人？　一直做诗人！

你不了解，我是一个诗人
纵然我写的诗有很多是歪诗
打油诗，或者破格的诗
然而实事求是
我真是一个诗人——如假包换的诗人

写诗之乐趣大矣
然而写诗，无论快乐与辛苦
确实浪费了很多追名逐利的精力
若非充满不足为外人道的乐趣
恐怕我早已无能为力

而今我谓纯粹
除了性灵，还有身份和定位
虽然有儒商这一说
虽然大商人也有写诗的
但我没见过哪个商业传奇
同时写出惊天动地的诗句

持续保持纯粹的性灵
尽可摆脱商人与诗人的矛盾
不必扭扭捏捏,不如理直气壮
精诚所至,商业也是文明
经典迭出,品牌充满诗意

做什么诗人
名利江湖还远远不够呢
做什么诗人
世俗理想就够忙的了啊

一直做诗人
红尘作伴活得潇潇洒洒,是诗
一直做诗人
事业宏图成就轰轰烈烈,是诗

写诗,未必是诗人
诗人,未必一定写诗
我是谁? 做什么诗人?
我是我! 一直做诗人!

又写了一首诗

一杯杯酒喝下去
会不会生出灵感,形成诗句

一首首歌唱下去
会不会纸醉金迷,无尽空虚

呵,不要担心我的文案
我保证字字珠玑

呵,无须顾虑我的演讲
我依然声声金句

今夜我在商丘无眠
今夜我在河南入睡
今夜我在我的祖国
有你有我,为国为民
——做一个人之大者

再喝几杯吧,酒意正好

再唱几首吧,歌不怕多

你看,你看
喝着,唱着
这世上又多了一首诗

……

初访龙门石窟

一开始见到的，是前辈们写的“龙门”
李常委写得流利，含着艺术底蕴
陈老总写得爽直，显出将帅性格
郭沫若写得酣畅，更具学者风采

正如写龙门的字体人人不同
看龙门的石窟
姿态各异，心有灵犀
而我们身处的
是一千七百多年以前就开凿的艺术天地
……

慢慢走，看啊看
我在这些佛像前已然无言
我感到他们是有生命的
侵略者的破坏使一些佛像头断身残
然而那又如何呢？
依然元气淋漓，生生不息
……

遇见一位民间的书者
我请她在一把画了牡丹的折扇背面写上四个字——
和光同尘——是的,这就是我近观龙门石窟的感受

我拿着这把折扇爬上香山寺
——这是白居易的故地
而这位被称为“诗魔”的男人
也可谓“和光同尘”

在龙门石窟的佛身上,在白居易身上
分明,我看到了自己
……

人生哲学三句

苦中作乐。

把悲剧当喜剧过。

在黑暗的世界,让自己发光。

康桥再会吧

我的梦想一直特别
虽也不拒名利
明显更爱的却是
到李白坟前和他喝杯酒
或在西湖边,对着苏东坡的像谈谈天
抑或如这一回
在剑桥,在康河畔
朗诵徐志摩的诗篇
——这于我,实乃幸福的梦圆

在剑桥大学瞎逛
每个人都有方向
……

培根有知识的力量
于是无惧帝王的权杖
图灵最终只剩精神世界
不惜把自己弄残
他的粉丝乔布斯

跟着不惜把“苹果”弄残
……

世间苹果树无数
而牛顿手植的苹果树
仅此一棵
因而不朽——无论树朽不朽
……

最高统帅丘吉尔
狂热于雪茄和威士忌
写作、演讲、画画无所不能
一国元首而获诺贝尔文学奖
真是排面阔达，光彩响亮
……

罗素崇尚参差多态
谓之幸福的本源
而剑桥——依我看，正是参差多态的顶级典范

大学最贵者
是相看两不厌的风景
是自由无干涉的气氛
学术最贵者

是空前的发明,是创新的坚韧
人生最贵者
是独立的境界,是赤子的纯真
……

我如何忘得了剑桥呢?
这里的学院
居然以国王和王后命名
气魄何等惊人
……

忘不了的
凌晨四点的漫步
无眠深夜的漫想
扑面而来的曼妙
……
这是我心中的浪漫和伽蓝

我买下剑桥的全套校服
是的,康桥,有朝一日
我还要来的
——除了世俗责任,我还要灵魂深处的学问
再会吧,我的康河柔波
再现吧,我的剑河倒影

下次我再来,你还一样吗?
我呢,一样——也不一样

2019 年 10 月 27 日,英国上午,从剑桥到牛津途中

在杭州遇小荣品勃艮第

在杭州
泛舟西湖,漫步苏堤
小荣发来消息
快来大运河畔凯宾斯基
顶级酒庄庄主齐聚
统统来自勃艮第

我知道
七树醇酿,从来不让人失望
小荣相约,空气弥漫着酒香
我立刻赶来了
久违的知己,新鲜的面容
人人有故事,个个爱佳酿

我们爱慕虚荣
我们追逐名利
我们热衷大牌
……
何曾想过偶尔停下来

此时此地
别无所求
用心亲近着莫尔特、梅芙勒、肖纳
独一无二的味道

独一无二的味道
来自独一无二的温度、湿度和气度
独一无二的味道
来自独一无二的生命、生趣和生机

江湖会再聚
今宵当珍惜

酒局即兴,2019 年 12 月 1 日,在杭州

辑二　绝律歌

前半生自传

生逢改革初期，未经枪林弹雨。
儿时多灾多病，可谓九死一生。
少年聪慧超群，屡获神童美名。
天性厌烦正本，倒爱谈经论文。
终于中考失利，急坏几多至亲。
恰遇师范解体，难得柳暗花明。
自得独善其身，如何神清心静。
总是激愤难耐，从来爱憎分明。
展示真我风采，何其叱咤风云。
同龄颇多共鸣，也交忘年知音。
不乏红颜知己，也曾自作多情。
可笑无知稚梦，得意几近忘形。
离校打工维命，南下只身独行。
火车站中过夜，路边摊上过瘾。
多少辛酸苦闷，简直荒谬绝伦。
半载转瞬即逝，积蓄竟无分文。
反思不堪现状，实在浪费青春。
于是该走不留，结伴女友转身。
姐妹弟兄相送，挥泪踏上归程。

失败打工之旅，无颜面对故人。
本非池中之物，怎甘蜗居山村。
非典半月隔离，前往江淮探亲。
毕竟三国旧地，赫赫包拯故里。
清风明月朗朗，传统时尚联姻。
尽管借船出海，依然壮志凌云。
人生万里长征，暴风骤雨无阻。
此身受恩无数，最感二伯四叔。
人间自有真情，真心感人肺腑。
年少正好射虎，何必自怨自苦。
但求大气自在，有梦即是幸福。

合肥情绪

料峭春寒催酒醒，
四月庐州雨沉沉，
许是夜来落花声，
陡然惊扰梦中人。

示儿组诗

陈宜泊周岁回龙湾寻根

万千宠爱集一身，浩然之气赤子心。
他日京城建功业，莫忘九岭有祖魂。
宜山宜水宜世界，泊风泊云泊人生。
回龙有情天有意，贤良常为不负卿。

陈宜泊四周岁生日

楚燕之恋吾有子，泊头宜都家有情。
呱呱坠地恍如昨，四岁转眼初长成。
宜山宜水宜世界，泊风泊云泊人生。
浩然之气可立身，赤子之心显性灵。

陈宜泊五周岁，再作示儿诗

五载直如眨眼过，无忧无虑美少年。
天地万物皆归汝，莫愁岁月笑开颜。
待到长成懂事时，依然初心本来间。
勿忘此身农家子，否泰浮沉若等闲。

陈宜泊六周岁生日祝词

莫做神童莫早慧，平民凡身唯勤恒。
宜山宜水宜世界，泊风泊云泊人生。
混世未必论输赢，争气必须尽本分。
吾愿吾子为儒者，至善至臻悟知行。

五言旅途诗束

其一　虹桥候机

纵横北上广，可怜亡心忙。
何处有东篱，南山在何方。
生性喜诗书，无奈陷荒唐。
宁愿回当初，人海一身藏。

其二　西安一日

汉唐雄风掀，炎黄血脉系。
钟鼓声声慢，澎湃心潮起。
巍巍大中华，定于始皇帝。
长安花未尽，千年只朝夕。

其三　湘地秋雨

当年寒秋时，润之间大地。
吾从市场游，神思飞天宇。
同为三十二，功业本无域。
长沙忽两日，精进如年兮。

其四　昆明感怀

倾慕荣光美，今临滇南泽。
文化初心在，商业同道和。
同道情义重，初心生活尊。
彩云风物好，功德无龙蛇。

久闻滇池广，长思讲武堂。
翠湖心影在，故友新朋香。
有话任意诉，有酒尽兴享。
浮生悠闲好，性情日月长。

其五　兴义游马岭河峡谷

久闻黔西南，鬼斧神工奇。
电梯下谷底，胜景漫步移。
天地有大美，心灵无俗务。
栖息稀贵州，贵不可言兮。

其六　夜上海最高台

华东极目处，绚烂夜上海。
登临可望远，环球最高台。
都市喧嚣多，心静桃源在。
大德悲尘世，知者乐开怀。

其七　佛山匆匆，又深深

佛山多真佛，宗师贯古今。
飞鸿脚无影，叶问拳咏春。
功夫泣鬼神，武德集群英。
大师本无意，漫步感精魂。

千山常独行，佛山遇知音。
万水共淌过，若水上善明。
欢醉欢喜乎，不醉不归矣。
随性俊芳好，真性可长存。

有此父子，坐拥书城

纵横千载,神交古人;
有此父子,坐拥书城。

辞章煌煌,庭院深深;
有此父子,坐拥书城。

江湖路远,知己同行;
有此父子,坐拥书城。
……

访王少军先生宝地有句

何处洋酒香，何处雪茄淳，
何处拘束少，何处有温馨。
王氏名少军，当今魏晋人，
昆明一别后，京城又倾心。

源动力初访赠张羽董事长

功业缘起一破楼，敬天爱人向内求。
文化治企行大道，话画聚心皆自修。
务实归本源动力，见贤思齐幸同游。
释迦润之精神续，宏伟壮志无不酬。

生日感怀诗系

三十三岁感怀

三十三年人生茫，京城十载有思量。
富贵荣华无所欲，唯愿大隐小书坊。
坦荡纯粹行正道，清通简要做文章。
管他入世还出世，但求顺心不逞强。

三十四岁感怀

农家子弟行九州，不见当年万户侯。
太白东坡宝玉身，名利场中把志酬。
诗酒文章写本色，商业表达洒春秋。
三十四载人间游，明珠何曾做暗投。

三十五岁感怀

料峭春寒百花放，行乐不管日月长。
朗朗赤心接天光，芸芸众生交贤良。
性情文章呈珠玉，营销诗人谋稻粱。
著书布道何如我，思想者亦少年郎。

春夜绝句

十四年前谁识我，
十四年后我识谁。
笑看风云沧海笑，
不信春风唤不回。

忆长安事——和木南先生

青岛醒来，窗外黄海烟雨蒙蒙；忆前日长安事，和木南老师。

高朋满座痛饮酒，名士美人馋亚洲。
汉唐一日一来去，情到深处不晕头。
木南通才通四海，知己无隔无三秋。
性情既起讨珍墨，不羞不惭一尽收。

木南先生原诗

莲花餐饮好上酒，美妞宛央呼亚洲。
把壶三巡知醉趣，才子词人笑晕头。
欧阳诗行归物语，柳永东坡吟上口。
随与缘分邀笔墨，老怪长镜一尽收。

演员梅婷初见

疏影暗香漫，
玉立无俗喧。
温婉可典范，
灵秀寄心间。[1]

---

① 我对梅婷女士另有经典评语：

她绝对出众，却不脱离大众，她洋溢着独具魅力的光彩——她的光彩，让文艺界大放异彩。

候机自得

热肠古道未觉苦，
惯常晚点我自足。
商者无域有真意，
饮我普洱读我书。

咏老家花椒诗

花椒是椒还是花，
美人英雄都爱它。
醇香沉醉舌尖麻，
产地纸坊九岭崖。

感世四首

其一

人生多悲苦,名利皆虚无。
争斗尽可休,坦荡行坦途。

其二

作态最无益,虚伪真可悲。
性情若相违,劳燕终分飞。

其三

不入窃愤录,拒读归潜志。
云开日出时,我心自安之。

其四

文化从自然,诗酒有宇宙,
性情流千古,名利由中求。

下纳灰村饮酒

我本山野闲散人，何必作势又装腔。
云游贵州无所事，面具躯壳当笑场。
功名利禄欲难填，诗酒田园心可安。
万峰林下花酒间，惜乎瞎忙为稻粱。

梦都会初访赠沈公

金陵名所梦都会,沈公基前手笔高。
博大精微非常见,梦里徽州滋味好。
稀松富商岂知音,文化贵族是真豪。
气吞万里通四海,君临宝地乐逍遥。

致刘涛

岁月太匆匆,几度更迭后。
上下而求索,有涛亦有洲。
坦荡行君子,率真至通透。
今生多欢喜,逍遥乐悠悠。

合肥旧友新朋聚会

不负汪兄伟，张而翔舞兮。
文平是小雅，一切皆成立。
我心存真美，昊空或有悔。
茶酒都兄弟，白黄皆快意。[①]

① 汪伟、张翔、倪文平、吴成立、费昊空在座。

送母亲回老家

要管至亲老病躯，还顾稚儿成长期。
上老下小做丈夫，生之辛劳甘若饴。
建功立业是男儿，尽孝负责为大义。
我信天道有轮回，人间如梦何太急。

梦　语

似笑非笑为哪般，
有梦无梦皆露电。
酒来酒去知音少，
人来人往当惜缘。

祭余光中

名宿长辞文犹在，
红酒白茶祭诗魂。
乡愁冷雨留千古，
光中健笔传锦心。

与耀杰兄再聚郑州

若无中原无华夏，
君子耀杰绽芳华。
尧香满杯花下秀，
我临郑州亦有家。

同彭军、曹巍登白云山

白云山顶沐爽风，
杂念尘思偶散空。
名遥利远酒色无，
天高云淡本来中。

湖州同道相聚有感

逍遥亚洲来湖州，东坡故地真不同。
实体方为商之道，语堂邻家气魄雄。
空手白狼出路无，价值创造四海通。
基业长青品牌久，内外兼修事业红。

新支点感怀赠王岩董事长

不改初心再从头，有言支点撑地球。
利他利己新支点，敢梦竟成热泪流。
敬天爱人遵天道，内圣外王写春秋。
水大鱼大羽路美，岩岩君子花满楼。

偶　感

用舍未必由时，行藏一定在我。
真心可发脾气，假人莫论短长。
性情从不隐藏，行者处处风光。

访林语堂大师出生地[1]

大师语堂，世界巨匠。
人间宇宙，花溪深流。
不止幽默，性灵永光。
文宗转世，东坡中郎。
生活艺术，博大宽广。
传记烟云，山高水长。
贯通中西，情怀天下。
未得诺奖，又有何妨。
道家大儒，慈悲心肠。
浩然赤子，莫如语堂。
自得其乐，海峡遨游。
北美台港，魂系漳州。
浪漫一生，知音不绝。
我访故里，心潮澎湃。
好友相伴，馆长开讲。
旧物有灵，一拜又拜。

---

① 2018 年 1 月 29 日上午，林语堂乡邻吾友肖、林夫妇及诸友陪同访林语堂出生地故居，下午离开漳州平和去泉州晋江机场途中作

花开花落，人来人往。
文学不死，语堂永生。

宜泊书坊夜谈有记

夜色明，思想清，豪迈人生显性灵。
普洱陈，红酒醇，商业表达聚核心。
策略准，创意精，不变而变得永恒。

纸坊冲颂

神女灵佑，有郡宜昌。
宜人宜都，交汇三江。
大道宽广，古镇丹阳。
十里桃花，通达纸坊。

山名九岭，水名九河。
天生青秀，地振高冈。
云台通神，悟空眺望。
凉洞送爽，观音坐堂。

骡马古道，岁月悠长。
革命老区，精神闪亮。
花椒产地，醇味难忘。
绿茶遍野，满口留香。

嘴巴忙坏，家家厨娘。
满园春色，村歌嘹亮。
惊鸿一瞥，轻舞飞扬。
安然入睡，月光满床。

鸟鸣醒耳，羊肥猪壮。
路似玉带，迎来送往。
风调雨顺，四季暖阳。
错落有致，可闲可忙。

都市喧闹，宁静此乡。
自然福地，田园心房。
凝神聚气，厚积薄发。
天精地华，满满能量。

快乐老家，灵魂故乡。
身心俱弛，放鹤纸坊。
时尚森林，潮流农场。
走遍九州，还回纸坊。

2018 年清明时节，回宜昌祭祖后返京，高铁上作

武汉夜雨

江城夜雨凉如水，
痴人无怨亦无悔。
夜半未眠寻常事，
知我心忧还有谁。

湘行杂诗

桃花源

深情知己来一会,世外之约两年前。
武陵人家堪携酒,桃花千岁好放船。
此生无关名和利,吾辈钟情诗与闲。
源头陋室藏真意,得意忘形须尽欢。

张家界

天生一个天门洞,人间天界我遨游。
云雾遮蔽景关心,富贵露电梦在求。
盘旋飞翼逍遥在,刘海狐仙传说留。
身列仙班下凡世,苦劳形役何时休。

凤凰城

傩送翠翠连召唤,太上多情有天机。
沱江浪漫清见底,性情翩然风振衣。
寻梦凤凰真宝地,边城从文源湘西。
风月雪桥祖英歌,夺翠楼上吹横笛。

北京之春

春日堵车也悠闲，
千家诗里有佳篇。
但使清静本心在，
乱象纷扰皆云烟。

人生不过如此——写给胜负心太强的朋友

人生七十古来稀，今活九十又如何。
不过三万三千天，破惑开悟勿执着。
反观自照何所有，明心见性求不得。
繁华强横乱真神，清风明月归平和。[1]

---

① 面对你的不甘心不服气不淡定，我想说：活出真实的自我就是成功，你的同龄人买了游艇和劳斯莱斯并不是你自卑焦虑的理由。

略述日常生态二首

其一

机场席地坐，偷闲读书忙。
胸中有惊雷，表达自铿锵。
文案可作势，演讲勿装腔。
名利本无趣，人海做丐帮。

其二

终日奔波乐，人生不得闲。
高铁又飞机，三城只一天。
会议刚闭幕，策划再访谈。
我尽我所能，全心以无憾。

拜炎黄歌[①]

养精神兮,汲取浩荡长江,
立壮志兮,揽起黄河巨浪,
寻文脉兮,身受炎黄加持,
立功德兮,劳谦君子永光。

① 长江黄河,炎黄二帝,皆为我积蓄"可上九天揽月可下五洋捉鳖"之洪力也。此番携妻儿朝拜了一心愿,2018 年 7 月 9 日晚由郑州乘高铁回京,有感作歌小记。

记七夕飞抵广州[①]

忽传粤海台风起，航班误点没消息。
随遇而安将进酒，一夜半日方登机。
浪子叹息多无奈，男儿气概更相宜。
帝都初秋正爽时，燥热广州度七夕。

① 作此诗时，飞机因雷雨无法降落广州，正在白云机场上空盘旋。

酒歌三首

其一

酒过三巡好欢畅，酒酣性情不晕头。
酒活血脉岂伤身，酒能尽兴可通灵。
养儿未必望防老，喝酒并非为消愁。
美人美事又美酒，一杯一杯乐悠悠。

其二

快意茅台五粮液，亦喜白干二锅头。
都市深山杯杯尽，亚洲饮名留九州。
屡多佳句得樽前，无边烂漫在酒后。
微醺便睡不胡来，一夜醒来把诗修。

其三

葡萄美酒法自然，七树小荣真知音。
酒中百晓神通广，只顾珍酿倒入喉。
牛嚼牡丹数亚洲，我感美好存心头。
酒中至乐生命放，一枕黄粱万事休。

创作感悟二首

其一

商业征途艰且长，
修合当学同仁堂。
表达贵诚勿讨巧，
灵魂感召一心香。

其二

从来经典出我辈，
你道创作若吹灰。
可知灵感不来时，
苦思艰若磨推鬼。

饮酒之前

天外有天，
梦里有梦，
事繁心简，
酒浓情重。

劝告抄袭者[1]

皮相缺乏精魂，
涵养终究肤浅，
必得内外兼修，
修行才得圆满。

愚者自以为是，
君子劳谦终吉，
一切取巧投机，
最终皆空欢喜。

---

① 有感于某客户友人传来策略创意被同行赤裸裸抄袭的消息。

贺友人金江、杨丽喜结连理

金色年华载酒行，
江流无声也动情，
杨枝有意终相遇，
丽影相随付一生，
喜事此时心有灵，
结缘今世天注定，
连城璧人成双对，
理想国中万物新。

上海酒局即兴

有幸相识未道晚，荒凉人间晓梅暖。
故友再会一杯干，如梦人生诗酒间。
天地万物多情意，宇宙孤身有知己。
我在上海不寂寞，亏得兄弟组此局。

悲秋于高铁上

美酒好花时不待,虚荣之外更何求。
我心感佩扫地僧,真高手者懒出手。
人无第一可谓亚,世有疆域堪称洲。
大隐于市行大道,高铁疾驰又晚秋。

自嘲在黄石路上

放荡不羁是表象,棱角分明古心肠。
既知世故拒世故,真我一面常佯狂。
胸藏惊雷为侠隐,眼含热泪做儒商。
熬过此生告天公,来世远离名利场。

北京居所早课有记

初冬京城未开暖，正是创作好时节。
畅酒沉睡又早起，冷静深思再进阶。
一句万句皆新鲜，初读再读都经典。
独处自在存真气，悟道吐纳换新天。

悼金庸先生

如神健笔做时评，闲来武侠实百科。
海宁查家真名门，金庸大名垂宇宙。
政商纵横皆伟业，香江才子至通透。
先生功绩传千古，九十四年多风流。

写于先生得享极乐的第二天（2018 年 10 月 31 日）在上海

西安北站即兴[1]

胸怀乾坤大,一日千里行。
沦落在凡尘,并未失雄心。
壮志为成事,理想非功名。
繁华也荒凉,人海藏我身。

---

① 从帝都北京到古都长安,下高铁等车接,即兴作。

寻隐者不遇（2018 终南山版）

振兴知我愿，如约赴秦岭。
大商开大车，隋塔访高僧。
素菜有真味，格隔觉悟深。[①]
即兴辟新路，破林为寻隐。
泱背攀绝顶，隐者锁大门。
无悔亦无憾，为寻不为隐。
儒释道三家，皆服终南名。
七十二屿里，高士多少人。
待得解脱时，一一去登临。

---

① 振兴兄安排终南之旅，西安大老板亲自驾驶商务车前往，高僧广宽大师赠字“隔物致志”，我以为比古人“格物致知”境界更高出一头，故有“格隔觉悟深”之句。

广州酒局即兴

嘉鹏赴粤当碰头，建锋相约必相聚。
树军恰在定会见，彭军快来老友齐。
钟媛气质真亮眼，金玲风情长相依。①
美酒浓香并酱香，白云畅叙得天机。

① 嘉鹏、建锋、树军、彭军、钟媛、金玲皆吾旧朋新友。

海上有雨

海上有雨，心头阳光灿烂。
手中有酒，尽兴且把杯干。
盆里有肉，灵魂无法无天。

为撑高个啊，都把脚踮。
自欺欺人啊，实多忧患。
快活此生啊，且共悲欢。

浦江顿悟

法宝已失,忽得解脱。
大觉未至,难取真经。
俗气既盛,苦海孤身。
我悟我笑,一览众生。

杀敌学佛,又能奈何。
终归尘土,早破执念。
皆无所相,远忧祛烦。
忘形得意,花红水甜。

周末加班访客户路上

书剑恩仇，江湖快意。
风度翩翩，才华横溢。
浪漫一生，脚踏实地。
以我为主，天人之际。
世间多苦，何妨游戏。
境由心造，管他聚离。
浮沉平常，荣辱交替。

但求无愧少憾，
祝福姐妹兄弟。

实力演员徐百卉初见

百卉显芳华，
质朴真优雅。
徐家有好女，
光彩并无瑕。

黄石退房，雨声渐大

本事越练越纯，
奋斗服务人民。
管他风雨交加，
我自一骑绝尘。

看破放下歌

有缘天涯老友记，揽月捉鳖再欢歌。
莫将珍珠付以猪，鸡鸭何必牛刀割。
唏嘘露才又扬己，尴尬溢彩且流光。
诗酒孟浪莫相忘，海风高谊情未央。

振亚兄及裁圣同仁饮酒有记

雪茄醇厚不过肺，
洋河绵柔深入喉。
海上寒冬春意暖，
烟消酒散知音留。

杭州晚酒携在座者名字入诗

江南风光好，杭州少寒冬。
零下不觉冷，我有蒋宇兄。
海波自荡漾，彬彬蓓蕾红。
吴亚风情在，天意本来中。[①]

① 蒋宇、海波、彬彬、高蓓、吴亚、天意在座。

观各家 2018 年终秀有感

焦虑偏爱听晓波，无知越加信罗胖。
光阴金钱皆可贵，情怀不过贩恐慌。
概念其实同儿戏，趋势本质尽瞎装。
敬业读书方栋梁，精神独立做高光。

悟古人语

知命改运顺风水，
惯积美德通读书，
惜名真相平敬神，
善交贵人常养生。

同王嘉鹏、马宁二兄岁末欢聚

三人成席辞旧岁，转眼又过一年关。
润泽我心王马辈，豪华落尽长相欢。
养家糊口争俗世，问心归本存真颜。
北漂不易何足道，顶天立地性情间。

休假于越南海上

人常于人海迷惘，
浑不知水流云在。
偶尔抱一抱大海，
归自然兮若未孩。

老家过年二首

其一

宜都是我都，
纸坊归吾坊。
乡里至亲者，
冬暖日月长。

其二

庆荣设家宴，
相聚父母官。
乡情抵万金，
知己酒正酣。

说自己

世上本无神,神助自助人。
守仁赤诚心,破执自知明。
春雷惊天地,真我自纵横。
至善乐诗书,逍遥自由行。

办公室午饭有感

吃碗方便面,配杯人参酒。
吾心生万物,人间一遭走。
常念名利外,幸存真朋友。
入世复出世,大无亦大有。

上海会友口占

无非是名利，
一切由真意。
吾心有光明，
坦荡见天地。

春日饮酱酒纪

滚滚红尘迎春来，知己把盏吾心开。
杯杯畅饮无所惧，个个孟浪登高台。
冷眼旁观人世间，热衷其中深情处。
莫管世间风云变，我有本领何惧哉。

再赴佛山有记

广州深圳又禅城，事在人为奔不休。
丽娟绕路亲接站，王师畅怀快饮酒。
漫漫佛山大生活，口口冰烧小春秋。
伟哥阳哥皆在座，陈述真我更何求。

上海三人行有感

云在青天酒在杯，
花开春暖心不灰。
同道沪上无挂碍，
追梦何妨鼓与吹。

题自拍照

脸大脖子短，
诗者神飞扬。
人低欢乐长，
衣正佛珠光。

姑苏一走

漫步拙政园中，倾古人赏天工，一咏三叹。
问佛姑苏城外，请念珠品禅茶，觉悟寒山。
畅饮海底捞时，乐诗酒聊尘世，焦虑渐远。

自　省[1]

楚地一草根，不易居京城。
春风化骤雨，纯粹赤子真。
毁誉谈笑间，我自立我身。
名利适可止，大道是正心。

繁华看透后，平淡贵如金。
本事尽本分，极致见匠心。
可怜争夺间，知己得几人。
且喜微醉后，有伴送到门。

① 读书《遥远的救世主》对其中“随缘惜缘不攀缘”一句，最近体会颇深。

为音乐人郝雷即兴作

赫然雄风带金声，
雷震四海吹浮萍。
大作既出惊天地，
乐理至美顿清明。

青年节自嘲

浪子无法更无天，岂唯今日做青年。
气贯长虹重学问，志在千里羡田园。
敬儒求道慈悲心，从商造句诗酒钱。
岁月欺我我不欺，满纸烟霞醉红颜。

2019 五四青年节，在宜泊书坊独自静坐，即兴作

与龙哥五四共饮

与君共饮青年节，
畅怀通灵无枝节。
犹记蹉跎恍然过，
竭诚待我是龙哥。

旧友新朋聚长安

吾本一农夫，常惊世界殊。
浊世远离墨，赤子愿抱朱。
人情无长短，距离有亲疏。
常怀感恩意，好酒共好书。

五十贺寿赠谢杰

谢杰吾师再聚首,性情书生泛酒红。
感佩先生立真意,犹记当年探花丛。
珠玑文案两心通,满彩演讲共君同。
纵横此生刚过半,畅怀无畏人中龙。

贺寿幺爹五十五

五十五年世苍茫,吾家贤能真有光。
故土才俊称偶像,行伍标兵屡表彰。
书法神技走龙蛇,电视功业显主张。
愚侄常记合肥时,亲爱幺爹乐未央。

优盟有梦

万物归一表达佳，人生存在为利他。
全心服务是天道，赤子本来源农家。
商业何止于繁华，品牌终归造文化。
时代有殊人知己，人人都有两把刷。

杭州半日

梦回南宋钱塘潮，
犹记三变词境高。
心仪临安草木好，
我爱杭州韵最娇。

石屋洞心记

谈商来杭州，得闲此静坐。
朝露喜讯来，烦忧云烟过。
感恩春红好，投缘知己真。
龙井饮明前，乡情贵如金。

乡会杭州，有歌手许佳慧演唱代表作《预谋》

浪漫乡会在杭州,佳慧人生多预谋。
宜都情缘通四海,师长兄弟聚无愁。
我爱我家闻乡音,杯满杯空有理由。
人生无常且顺生,中国有梦争上游。

深圳与彭进老表欢聚

数次来深圳，未能见彭进。
孤身任飘零，我珍老表亲。
皆为异乡客，愿弟事业顺。
感通无南北，唯余赤子心。

赠湖南常德胡荣兄弟

本来一心向善,言谈皆是珍奇。
难得杯满杯空,幸在有我有你。
楚地本无南北,前程何问东西。
常德胡荣有福,梦想可歌可泣。

礼赞任正非先生

任侠豪迈，谈笑风生。
舍小求大，壮志牺牲。
务实守正，不惧是非。
全球格局，天下己任。

情系教育，胸有文化。
心怀家国，拒称英雄。
慈悲大德，人类大众。
海思具备，勇开鸿蒙。

包容敌视，感恩相待。
在商言商，水流云在。
一骑绝尘，实力说话。
中华有为，再惊天下。

正非屹立，脚踏实地。
先生之风，彰显高义。
命运共同，和合共生。

理想无敌，夫唯不争。

2019 年 5 月 28 日，风云激荡之时敬撰，在北京

遇竹园口占一绝

轻风摇翠竹，
行者道不孤。
无惧坎坷路，
处处是归途。

酒后随笔

褶子现眼角,谁人岁月不沧桑!
拍子合天地,我辈自主不惊慌!
陈子正当年,性情无哀日月长!

再登长城

八达岭上敞襟怀，且自顺应任物来。
既过不恋竟无知，未来不迎拒判裁。
读书万卷发龙啸，下笔千言倚马待。
好汉登上好汉坡，尽心无憾未尽才。

鹏飞来京欢聚并幸识杨利、蓝星有记

鹏飞伴我壮志飞，心旷神怡乐空杯。
一轮明月肝胆照，云众正念燃死灰。
柏杨苍翠利人好，晚风清爽蓝星归。
自在亚洲逍遥时，更新乾坤锦绣堆。

心　声

纵使未识乾坤大，
依然知怜草木青。
诗书光彩常照人，
我无仇怨只记恩。

陈子歌

从小称才子
心灵存诸子
长大成男子
纯粹若孩子
远行做游子
出台当戏子
坦荡挣银子
负责一家子
色杂扮瞎子
音噪宁聋子
狂放似疯子
性情真赤子
创意贵金子
知我二三子
……
哈哈哈哈
潇洒依旧
精彩无限

浪漫到底

逍遥一生是陈子！

贺寿二爹六十四

才俊焕发少年时,命途波折挺且直。
吾家二爹巍如山,人间一汉坚若石。
堂堂名校执帅印,赫赫史册题壮词。
六十四年刚过半,厚重光华天地师。

念东坡

东坡能知我，
我亦知东坡。
人生孤寂时，
恨不生北宋。

候机偶得

奋励当世志，红尘慕古寺。
才华日渐高，情怀依旧赤。
三寸不烂舌，千言倚马事。
待到志得时，风流不着字。

机上待起飞有感

属相子鼠星双鱼，神色痴呆若木鸡。
淳朴南蛮感地母，性情北漂悟天机。
犹记艾雨[①]哭腔在，忽闻亚洲雄风起。
堪忍红尘有宁时，诗酒田园老子居。

---

① 我七岁前，名叫陈艾雨。

酒都走马三首

其一

初访仁怀现真容,老友再聚酱香浓。
登高望远茅台见,酣畅酒都喜重逢。

其二

革命红军无畏伤,勇渡赤水真断肠。
今问盛世何所似,锦绣烂漫换新妆。

其三

天酿古韵总相欢,醉眼蒙眬平常看。
王阳心语道不尽,正念莫惧万重山。

中国酒文化城一走

不是樽前不惜身，恋酒实为醉文明。
唯因飞天漂四海，五洲识香品华夏。
举杯莫忧酒量小，千杯无愁乾坤大。
赤水河畔多赤子，人酿酒来酒酿人。

同道清、俊芳、远秋欢聚成都

此生奥妙谁道清？天涯故事俊芳听。
我临成都大自在，你备好酒多率真。
远秋不远天地近，醉酒莫醉兄弟亲。
深夜敞篷繁华尽，知者朦胧亦同心。

酒后感世

贵人莫贱用，交浅忌言深。
挚友从来少，知己更几人。
情商总偏低，意气常忘形。
莫说我不懂，贵在赤子心。

同刘盈、李明涛、王普正、黄新诸友京城欢聚

久违吾友见刘盈，涛姐携酒赴南城。
普正逸人真如故，黄新高手觉知行。
醇酿千里饮千杯，至美有意聚有情。
且自畅饮并吟咏，你懂我懂尽由心。

秋歌 2019

我自谈笑何所似，文章大块思无垠。
京城秋光冠四季，路过人间终归去。
无愁揪心得真味，好风送我上青云。
长在长江卧山冈，丘壑难平意气平。

醉亦庄

满腹经纶若尘灰，俗世自有俗世规。
性情如我无命定，浪漫一世唯梦追。
把酒欢言几人懂，举杯知己有你推。
清音缠绵和不绝，大梦初醒唤魂归。

河南高科初访

高科高科真豪健，一览精品气象新。
商丘商道实不同，烧饼烧酒幸会君。
今朝秋高相见晚，此时语近领悟深。
底蕴传统画时代，原来中原有龙鳞。

洛阳访国平兄

我上青云赴豫州,精神自足万户侯。
亚洲到访洛阳郡,国平捧出飞天酒。
观海听涛有收放,拨云见日无美丑。
龙门白马皆大观,知音莫管人前后。

楚雄之夜

人生本无事，游戏中知行。
身处楚雄域，心系彝族情。
彩云压头顶，舞蹈见真性。
究所为何来，随意诵诗声。

悼大姑爹

犹记同旅健步飞，快意饮宴常举杯。
未觉少语多忧闷，何尝知音感心灰。
龙山永安往净土，清江荡漾招魂归。
九泉朗笑终开阔，天国来去又一回。

大爹三周年祭

堂堂大爹真气派,长子长兄兼德才。
知书达理能齐家,开放入时显襟怀。
行伍首长功勋留,行政官场清名在。
温良慈祥多箴语,大爱大爹入梦来。

正月十六同友聚

伤怀既多酒不少,两瓶茅台刚刚好。
十五月亮十六圆,高歌一曲待明朝。

感恩汝容亚洲

广州好酒，知心好友，慨叹白云苍狗。
花城有花，兄弟有情，奔流珠江不停。
笑看风云，岁月如偷，感恩汝容亚洲。

自　嘲

闰年属鼠春雨贵，鄂西农家喜弄璋。
谦谦君子爱学文，渐渐儒儿自弛张。
灵感充沛笔行健，珠玉纷呈口开光。
道阻且长无所畏，自在性情是天堂。

杭州会红友

重庆乡邻名红友,衣界巨子是吾友。
简单随意大排档,坦荡率真小杯酒。
国中区域任君唤,英伦风光同步走。
今晚举杯临安城,管他醉醒与去留。

赠叶乃方

乃方贯通儒释道，彻悟人生无意义。
众人皆望我满意，几人在乎我满意？
男儿立世当成事，君子终吉总相宜。
千杯不醉但凭君，既连天兮复接地。

赠饶章义

岁月从不负赤子，无管红颜与白头。
荷田相识复相知，每逢广州必聚首。
战略思想常问道，情怀酒肉更何求。
与君六载真莫逆，依然齐心同亚洲。

郁达夫故居初访

钓台富江流千古，先生故居拜面初。
名马鞭兮美人累，文比讯翁夜明珠。
俊雅沉沦几变幻，烈士遗恨何悬殊。
风雨茅庐惜梦碎，我慕风流郁达夫。

成都故友再聚

市场一线炮声隆，成都又见杨林兄。
纵横五洲风景异，徜徉四川性情通。
名流俗流沧桑里，儒家道家岁月中。
更有苏家小妹在，多彩缤纷万花筒。

眉山一走

眉州有三苏，相识认字初。
我今来拜首，实慕坡仙风。
千古辞章秀，洒脱人格殊。
上可伴玉皇，亦乐乞儿中。
达时草圣旨，遭贬田舍翁。
管他宠与辱，无谓障与通。
西湖修水利，南荒办私塾。
耿直无时宜，但为民请命。
喜烹独家肉，爱居有节竹。
深情悼亡妻，上智交高僧。
正直又过瘾，文曲不二人。
岂止诗与文，子瞻无不能。
心中有东坡，前途复光明。
诗酒趁年华，烟雨任平生。

2019 年 12 月 24 日，初访三苏祠

闭关自修有感

往来精神问天地，孤身自在惟精一。
沉静经典悟义理，喧闹新媒游与戏。
日行千里茶当酒，身心俱驰正出奇。
我思我在子不语，轻舟岂管猿声啼。

辑三　长短句

西江月·抒怀（二首）

从来不滞于物，
已至有恃无恐。
仿佛庄子逍遥游，
尽兴手挥目送。

凭栏常近尘俗，
倚窗不远星空。
恰似东坡定风波，
随意在性情中。

又

帝都万人如海，
文商一心悟空。
你方唱罢他登场，
饱读诗书何用。

长辈言犹在耳，
立身当为匠工。

尘世喧嚣我宁静，
坚守莫做网红。

如梦令 · 忆昨夜同友人往七树醇酿访小荣兄

良辰寻梦登临，
醇酿七树归心。
闻见皆至美，
处处风流余韵。
精进，精进，
熠熠南辉北映。

金缕曲 · 2016 新年抒怀

我涉世已久。
十余年,亦商亦文,浪漫诗酒。
忆昔工厂生涯,
情缺书荒体瘦。
不觉苦,无惧美丑。
冷暖浮沉常聚散,
曾领悟写作营销否?
我与我,周旋久。

倏忽北漂帝都后,
逍遥游,神州行遍,人间看透。
首席策划擅演说,
辞赋品牌相守。
幸赢得,知己师友。
上下求索前路遥,
愿梦想理想终能够。
瞧,宜泊多俊秀。

满江红·龙哥四十

庐州京城,为理想开天辟地。
真难忘,几多欢笑,几多悲泣。
纵横捭阖恍如昨,酒色财气谈何易。
正四十不惑相见欢,展旌旗。

风云事,皆传奇。
岁月稠,匆匆已。
近十年流去,白驹过隙。
儿女长大心花怒,车房有定浪漫袭。
再奋斗尽在不言中,兄弟齐。

南歌子·冬至夜

转眼又岁末，
大霾压京城。
无风无月前路明，
茅台普洱干红知己心。

一夜霾已散，
整合具雏形。
完美顶配东方荟，
只为志同道合宽处行。

卜算子 · 林飞兄邀游曾国藩毛泽东故里

白玉生完人，
富厚表巨功。
八本家训世代传，
勤恒知行中。

红光耀湘潭，
雄哉韶山冲。
敢教日月换新天，
壮志在我胸。

渔家傲·塞纳印象集团七周年感怀

草根创业征途漫，
光荣绽放震霄汉。
雾满京城暗又乱，
同仁唤，壮怀激烈霾自散。

万丈雄心从未断，
七载春秋名已现。
俊彦聚首齐相赞，
加油干，百年塞纳天行健。

永遇乐 · 南国春寒

——致广州的友情

革面洗心，寻梦启程，好景无限。
京城欲雪，上海雨冷，期拥广州暖。
飞临白云，花月料峭，恰遇南国春寒。
心头热，深情犹在，故交常约不断。

俊锋举杯，梅君又见，钟意蒙眬醉眼。
湖北乡味，山城火锅，小白二两半。
真友可贵，知己难得，自是宁缺毋滥。
可章义，欢颜笑脸，不尽浩叹。[①]

① 俊是刘俊，锋是朱建锋，梅是董梅，君是周丽君，钟是钟昭，章义是饶章义，欢是杨欢，都是我在广州的朋友。

定风波·还乡记

回龙湾里听雨声，
纸坊乡韵踏青行。
亲友父老杯倒满，无憾！
一口入喉醉平生。

夜雾晨露催酒醒，微冷！
暖心热茶正相迎。
北漂忧闷随风逝，何惧！
人世苍茫家有情。

西江月·何如性情奔放

世事常难意料，
不必人人叫好，
知己挚友从来少，
痴心自寻烦恼！

立业建功流芳，
自由自在文章，
人莫予毒也佯狂，
何如性情奔放！

定风波·秋回合肥

风摇雨斜秋转凉，
心平气爽纯味长。
幸得知者两三子，有趣！
道法自然明阴阳。

欲求不得贪愈少，苦笑！
笑而无奈也凄伤。
命运风水德行好，了悟！
人书俱老归吾乡。

水调歌头·国庆中秋回老家

宜都灵秀地,纸坊回龙湾。
纵横千里之外,亲情润心田。
往事乡音萦怀,农人本色犹在,偶思归林泉。
谋生颇无奈,征途多关山。

九凤谷,双龙洞,笑开颜。
柑柚香沁,水上漂醉夜无眠。
万里长江真长,千里清江还清,合江小团圆。
举杯道不尽,只有相见欢。

登华山吟十六字令三首

山，奇崛侠义西岳观。缚苍龙，退之哭其间。
山，人生如梦哪得闲。惜露电，转瞬过云烟。
山，真爱苦味路漫漫。祈祥瑞，此刻须尽欢。

一剪梅·同学会

犹记少时共寒窗，
心在飞扬，梦在飞扬。
而今漂泊谋稻粱，
日也思量，夜也思量。

哭笑无由卑又狂，
名本无常，利本无常。
屐痕处处是吾乡？
聚也匆忙，别也匆忙。

倾杯乐·人在江湖2018

初梦难圆，风流飘散，谁人善舞舒长袖。
面亲友、消愁借酒。
都市冷、无分夜昼。
玉树临风不再，亦显油腻否？
忆旧往、青春消逝久。
肚胖腰圆，眼角眉梢添新皱。

再从头、尚有余年。
风华我正茂，文人商客，儒者道家，笑天地，顿悟大无大有。
无可惜——皆归天道，万水千山待我展身手。
劳谦自终吉，亚洲雄风还依旧。

西江月·济南会王岩

苟活丢人现眼，
诸事如露如电。
酒至深处真相见，
知己同悲万艳。

寂寞更胜孤雁，
随缘惜缘不攀。
匆忙世俗难得闲，
你我风轻云淡。

王岩和词

世事似梦似幻，
不变青春少年。
万事应作如是观，
辗转波折不变。

清风不语相伴，
不负执手长谈。
见心见性八月天，
何似天上人间。

卜算子·初心

吾本楚狂人，
无奈北漂客。
行藏在我万卷书，
笑看风云过。

使命即功名，
初心待福祸。
天花乱坠自得时，
性情未曾错。

减字木兰花·诗人

直抵心灵，
商业表达第一座。
颜美魂在，
精神文化领风骚。

利他利己，
厚积薄发动情处。
无限多彩，
深入浅出可感召。

少年游·上海若梦

上海若梦，魔都有情，
恍然显真神。
秋意渐浓，芳华犹见，
绣口传锦心。

问道登天谁知难？
顿悟老子经。
无聊少趣，不如饮酒，
知己过三巡。

西江月·和朱艺文兄《西江月·贺中秋》

亚洲中秋前日流浪广州，得新朋旧友收留，得享好酒好肉。恰逢老家夷陵复旦才子朱艺文兄发来《西江月·贺中秋》词，步原韵以和之，顺祝各位亲朋中秋快乐，阖家团圆。

微醺难辨六九。
自古缘圆中秋。
千帆过尽并无愁。
道是性情依旧。

快意粤海纵酒。
珠江新城聚头。
秋风秋雨梦未休。
亦期归家时候。

朱艺文原词《西江月·贺中秋》

沉酣明朝重九。
不知已近中秋。
妙语披襟解千愁。
唯有亲朋如旧。

至喜亭中置酒。
镇江阁上扶头。
秋蛩唤君梦归休。
细雨斜风时候。

浪淘沙·又见兴伟兄

又见兴伟兄，
举杯临风。
钱塘汉口七日中。[①]
回想当时有约定，
酒酣脸红。

人生何匆匆，
意与君同。
友谊历久情更浓。
一回还比一回好，
且共从容。

① 七日前在杭州喝酒有约，七日后在武汉如约喝酒。

少年游·西安访尚东兄

书法文章，诗酒情怀，
知己不限量。
长安尚东，黑猫高才，
雪芹并其昌。[1]

浪漫逍遥真通灵，
浑未觉光阴。
豪饮敞怀，离经叛道，
此境少人行。

---

① 自号"黑猫"的王尚东先生是我在西安一见如故的朋友，孤傲遗世，学富才高，见解独立，观点尖锐。他平生崇尚曹雪芹，曾花费近十年将《红楼梦》全书手抄一遍。在书法上，他则唯倾慕董其昌一人，所以我写"雪芹并其昌"。

少年游·广州又聚

嘉鹏在座，红安抒怀，
五粮液举杯。
香莲真香，莫凡非凡，
风流不可追。

酒后又酒数刘俊，
随缘纯天然。①
阿弥陀佛，无量寿福，
悟道又参禅。

---

① 嘉鹏兄同在广州。红安大哥请客喝五粮液。红安大哥夫人芳名香莲。嘉鹏兄介绍新友莫凡。刘俊兄从上一酒局赶来。

临江仙·上海途中

漫道孤旅观风云，
无管仙界凡尘。
酒远茶淡水尚温。
歌手踏底线，八卦显缤纷。[①]

抖音头条皆嘻哈，
何如纸书味纯。
神游寰宇身浮萍。
人生还多趣，我自快活人。

① 2018年11月28日，自北京往上海高铁上，某著名歌手吸毒事甚嚣网络。

西江月 · 同恒辉、永琪二兄重聚畅饮新时代

跻身商业江湖，
实则文化愤青。
喜闻恒辉论春秋，
畅言常在酒后。

飞天未必真味，
永琪感动亚洲。
酱香迈入新时代，
至乐一杯开怀。

沁园春·2019 元旦顿悟

江南雪晴，粤海天冷，痴人梦残。
迷泡影露电，于怀耿耿，花团锦簇，一心拳拳。
高歌无声，天眼有鉴，若我个个相见欢。
偏信邪，恋荒唐功名，破头争先。

居大不易长安。
陷都市红尘慕陶潜。
享烟霞满纸，藏书万卷，归于静虚，又有何难。
烈酒少饮，喧嚣远离，短长莫论且旁观。
身要正，但慈悲为怀，宁静致远。

浪淘沙·龙哥举杯

长夜起妖风，
亏汝包容。
悲情朗笑居皖中。
最忆彼此落魄时，
水甜花红。

岁月太匆匆，
巨艰未厌。
唯因抬头见大雄。
醍醐灌顶得天道，
幸与君同。

2019 年 1 月 29 日(农历腊月二十四),小年夜与龙哥畅饮高歌有记

卜算子·上元节

月圆当空时，
华灯亮紫禁。
九十四载头一回，
故宫正青春。

自在属老宋，
性情投小陈。
忘年交心举三杯，
无谓飞花令。

浪淘沙·同梦会

高朋满座中，
快意从容。
同乡同梦性情通。
酒汇银仓逍遥处，
万紫千红。

醉湘饮金沙，
至乐无穷。
四海豪杰绽光荣。
知己难得佳人好，
无问西东。

念奴娇·走心约酒

走心约酒，聚最美火锅，义重贤客。
挚友匪兄性情在，举杯京城春色。
朗润佳人，上品酱酒，狂笑看风云。
红尘浪子，少有纯粹清澈。

管他出世入世，道家佛家，我为知者泣。
心之力者寻天道，但求知行合一。
大雅逍遥，野蛮接地，瞬间得佳词。
话说不完，放歌浮一大白。

与胡匪兄再聚京城，初识艺术家左贤，朗润美人杨慧、王娜，走心一家亲；涛哥邀至京城最美火锅店葫芦娃一家人大快朵颐，品上等酱酒。酒过三巡，越饮越精神，即兴填《念奴娇》词，此时当为永恒

卜算子·偶感

性喜率真者，
不拒名利徒。
宁静致远得自在，
平心待世俗。

悟空真大雄，
奈何孔方兄。
淡泊明志古来稀，
得失几人懂？

减字木兰花 · 泊头赏梨花

北国无恙。
清明复苏百花放。
竞相争宫。
梨花不羡桃花红。

素雅圣境。
既归纯真执念醒。
痴梦天涯。
十里梨花落万家。

西江月·陈友军兄邀嘉鹏、彭莱、晓旭诸老友欢聚

微醺闻君朗笑，
至乐更胜诗书。
窈窕淑女大丈夫，
苏酒恰到好处。

昨夜洋场卧倒，
今晚帝都吹壶。
蒙眬迷离有人扶，
欢歌高谊真趣。

卜算子·广州忆旧

故友共佳酿，
酣畅醉颜红。
再聚广州忆旧时，
悲喜与君同。

何必论精英，
英雄亦狗熊。
良辰美景抒壮志，
性灵风雨中。

西江月·同王岩大哥饮酒

莫管是非对错，
何必耿耿于怀。
无法无天有胸怀，
且自安之若素。

中秋兄弟举杯，
珍惜婴儿未孩。
小情小调大如来，
我归我去我在。

沁园春·2020 元旦心迹

眉山拜苏,渤海欢歌,渝州论骚。
喜风月诗酒,至性至情;狂吟醉时,且傲莫骄。
一丝不苟,一丝不挂,无所畏惧浪潮高。
莫问天,只此时此地,人皆舜尧。

管他名利尘嚣,
吾坦荡纯粹不折腰。
感知者容我,尽显姿彩;误者毁我,我自滔滔。
自由自在,浪漫一生,创作不朽领风骚。
归去来,新年转旧年,快活今朝。

2020 元旦,人在秦皇岛醒来

辑四　随笔一束

时尚古人大小孩

广州这家酒店这间房方位真好，睡觉不拉窗帘，早晨自然醒来，南国灿烂的阳光洒满床……

我写过一句歪诗："纵横北上广，可怜亡心忙。"其实我心敏感，常有喜悦伴忧伤，哪里就"亡"了呢！

忽又想起启功先生法书的联句："能将忙事成闲事，不薄今人爱古人。"真真倾慕如此举重若轻的好本领、圆润包容的大胸襟。

每个人都活在迷茫和清醒间。

话说某时某地，发生了这样的对话：

这么熟识，是什么人哪？

你问的是他——陈亚洲？哈！就是个时尚古人，大小孩呗。

"时尚古人大小孩"——多么痛的领悟！多么精准的判词！

着实醍醐灌顶意思深刻呀。

谁说的？允我五体投地！

先说"时尚古人"。

"食古不化"是贬义词，可"人心不古"也是贬义词，有点"古风”，却是大大的褒义词了。

温饱解决，瘟疫克服，战争消停，吃饱饭了，远离疾病了，世界和平了，我想一种价值观终会成为共识：做一个“古人”，才是真“时尚”！

古人爽快：“寇可往，吾亦可往！”是不是比“犯我中华者虽远必诛”更不啰唆，更令人热血沸腾！王维“劝君更尽一杯酒”，李白“与尔同销万古愁”，李白“举杯邀明月”，苏轼“把酒问青天”……都爽快！

古人有分寸：古人五千言《道德经》，今人要写万倍文字解读。徐迟先生欲修《赤壁赋》徒劳无功，一个字删不了，一个字加不了，一个字换不了，而我们也不觉得《金瓶梅》《红楼梦》这样的篇幅累赘。当长则长，当短则短，当多则多，当少则少。少，短而精；多，长也不繁——“行于所当行，止于所不可不止”。

古人经典——我在兵马俑博物馆看秦朝的青铜剑，今人做不出来。宋朝的瓷器、明代的家具，今人做不出来。鲁迅说一切好诗在唐已被做完。而不称职的帝王随手填几首词、写几个字、画几张画（南唐后主、徽宗），今人亦只好望洋兴叹。仔细想想，今人的绝大多数伦常规范，还是源自古人的——科技总在迭代，伦常规范其实并未有多少更替。解决人类今天的迷茫问题，方案很可能在《论语》里。

古人远比今人潇洒。古人是活泼泼、像样子、有光彩的。古人任自然尚通脱。如果你觉得古人古板,那是误解了古人。今天再大胆的想法做法,可能都是祖宗玩剩下的。真古典,从不违人性。

自诩为“全世界唯一一个能够打败电脑的人脑”的李敖先生,是“时尚古人”的典范。学富五车,古书活辞典,才高八斗,白话文翘楚,却从不拒绝时尚——官员做得,娱乐节目上得,ipad 写作要得(快八十学打字),对流行的一切丝毫无拒,全不陌生。他说,一般人读他读过的书十分之一,就会成书呆子。时尚古人,食古而化。懂文章之道的人都明白:写好白话文的诀窍,是沉潜文言古典。

再如金庸小说和黄霑歌词,算是我们这个时代少有的不朽之作,千年以后还会在。二位也是时尚古人:金庸博雅文史且通政商,庙堂江湖都吃香,黄霑复兴古风又多交明星,还以“人头马一开好事自然来”成了广告达人,于时尚从不设防。

再说“大小孩”。

以上提到的“时尚古人”们,哪个不是“大小孩”呢?

曾轶可有一首歌叫《还能孩子多久》,SHE 有一首歌叫《不想长大》,皆动人。

我说过,失去童年是无可奈何的,但失去童心是要不得的。

于某些层面,我愿意自己永远是个孩子。

孩子直率:开心就笑,不爽就哭,喜欢就亲近,讨厌就远离。真人不就应该这样吗?可惜越长大,就变得当面一套背后一套,表里不一,“神情不阴又不阳”,何必!

孩子纯真:我跟三岁的儿子说袜子脏了要换,他回答的原话是:“当然要换袜子,袜子脏了鞋子不愿意啊……”这完全是“利他之心”。而大多数成年人执迷于“损人利己”。

孩子奇妙:孩子多的是奇思妙想。惜乎天马行空遇到了标准答案考试教育,很多很多天性的美好宣告终结了……

成长是无法逃脱的宿命。真正的成熟,绝非圆滑世故,熟悉所谓的“游戏规则”。大多数人付出着得不偿失的巨大代价,却浑然不觉,还沾沾自喜。奈何!

乔布斯身上所谓的“现实扭曲力场”,正是“大小孩”的特征。

若非有直率、纯真、奇妙的“孩子气”存在,乔布斯便完不成自己的大功业和大圆满。

而了解了乔布斯的知识结构和兴趣特征,可以肯定,他,也是“时尚古人”。

写完以上这些文字,我已告别广州的艳阳,走进合肥的烟雨中。

都说要拥抱时代,都说要长大成人,然而像我这样的“时尚古人大小孩”,不也活出了自己的丰富和高贵吗?该有的,我有;而不该失去的,我还有。

时尚古人大小孩,历经沧桑,忙而不慌,独特绽放,性情永光。

潇洒走一回

外界对我的评说，即我身上的标签，重叠最多的一个词，是“潇洒”。大家普遍认为我过的是潇洒人生。这个判断大致不错。尽管我的潇洒里有“苦中作乐”和“哭笑不得”的成分，但我承认，我对人生的理解，就是“潇洒走一回”，因为不可能有第二回。

潇洒走一回的人生，有三个命题要及早看透：

第一是看透贫富。看不透贫富，追求到财富也不快乐，我不和别人比车，我不会开车，我不跟别人比表，我比不过……我觉得精神富足，把客户服务好，自己养活自己，还能养家糊口，并有基本自由保障就行，不贪婪，有诗有酒有爱有梦，我过得还行。

第二是看透荣辱。我的光荣很多，远超我应得，我的争议很多，我也懒得管，从某个时间开始，我完全放弃了对自己的解释，李敖说，“朋友无需解释，敌人不必解释”——我心中无敌，我才不管别人怎么看我怎么说我，那真是一点意义都没有，与人为善，成人之美，有君子至交，有红颜知己，我活得开心心不记恨，天天把歌唱。

第三是看透生死。琉璃易碎彩云散，人生如梦，人死如灯灭。人年纪越大，亲人离去越多，更深地理解了为何阮籍那么喜欢嵇康拿着琴和酒来参加自己母亲的葬礼，为何丁元英接到芮小丹最后的那个电话不发一语……我无能为力。那么，哭着活下去！笑着——死！

最后，套用苏东坡的诗来为这篇短文结尾吧：心如已灰之木，身似不系之舟，问汝平生功业，一生潇洒亚洲。

三十六岁三十六条

公元 2020 年,岁在庚子,属鼠。

农历二月初十,即今日,是陈亚洲先生三十六岁寿辰(人到中年,可称寿辰)

本命年生日,人生大事。若能活到七十二(不算短命了),那么今天,此生已然过半。

到死都活不明白的这条命,活到今天总会有些感悟。既然是三十六岁,那就写个三十六条吧。

一、人都是一样的:别把自己太当回事,也别把别人太不当回事,不卑不亢就好。

二、要学会换位思考:如果一个人的言行你想不通,你站在他的立场上就想通了。

三、境由心造:我观山水,常会想这是太白、东坡也观过的山水;承载着先贤诗文的山水是不一般的。其他亦然。

四、和光同尘:我是光,我是尘,怎么都行。

五、温柔宁静:他强由他强,清风拂山岗;他横由他横,明月照大江。

六、两岸猿声啼不住,轻舟已过万重山。我,便是轻舟。

七、这个世界根本没有感同身受,只有包容和谅解。

八、锦衣玉食、豪宅名车，此类皆值得追求，但是人生真正的快乐和尊严不在于斯——精神文化更有趣味，建功立业更是担当。

九、所谓“土豪”：豪即土。

十、唤醒热爱，做真正感兴趣的事。

十一、无论什么学科要想抵达高峰，文学不好基本没希望——文学，是百学之源。

十二、文化文化，仅有“文”不够，“化”上见功夫——文而不化之人，何其多也。

十三、尽可能与“同道中人”同道——曾经为了生意也和“非同道中人”同过道，结果得不偿失。

十四、不说任何人坏话，当面不说，背后更不说。

十五、不好为人师，并非没有责任，做老好人，而是早就知道——任何人归根结底的改变，只能通过“内因”。

十六、人，只需肩负使命精进技能，无需刻意包装和宣传——对人的包装和宣传本质上并未对人发生任何正面作用，时间可作证。

十七、最大的魅力是真实，最大的情怀是纯粹——我与我周旋久，宁作我。

十八、“博客”、“微博”、“微信”、“抖音”……你不知道下一个热门是什么，什么时候来。这个时代最大的悲哀就是太快了——留不住，转瞬即逝。我想，即便我们成为永恒的可能性是那样渺茫，也还是要努力追求一点永恒。

十九、人生短，多体验。

二十、慈悲为怀，与人为善——善良不容易，但还是要善良。

二十一、当老板的不要看不起搞服务的——搞服务的，是凭专业本事；搞专业服务的更不要看不起当老板的——当老板的，公司没倒且还看得到未来，一定不是寻常之辈。

二十二、你的东西好，一定会得到认可，如果不被认可，首先不要以为是“怀才不遇”，首先要检讨自己是不是“火候不够”。

二十三、少挑人毛病，人人都有毛病；多向人学习，人人皆可为师。

二十四、无论大小轻重，对任何事情都全力以赴。

二十五、要有沟通意识，多沟通，避免误会。

二十六、比起骄傲的人，我更不喜欢假谦虚。

二十七、中国男人的理想风范，应该是“谦谦君子，温润如玉”。

二十八、做个诗人，哪怕诗写得不好，哪怕不写诗。

二十九、真朋友，不客气。

三十、如果忘掉收获只管耕耘是不是会收获更多呢？经验证明的确如此。

三十一、毫无目的地搞一班人聚会喝酒吹牛，有没有意义？事实证明意义极大。

三十二、若一个行业大家都在那么玩儿，你偏不那么玩儿，你就是新一代引领者——此观点90%是正确的，另外有10%错误，是因半途而废而前功尽弃。

三十三、见众生，容易；见天地，也没那么难；真正难的，是见自己——见不到自己，一因固执，二因虚荣，三因莫名其妙的优越感。

三十四、无论对谁，自己做到问心无愧，至于对方怎么对你，完全不必在乎——人心都是肉长的（铁石心肠还说什么呢），日久见人心。

三十五、被逼着过完一生，真心真意过一生。

三十六、都要死的，没白活就好——多读一本好书，多喝一杯好酒，多看一处风光，多认识一个有趣的人，就是赚到了！

一口气写完以上三十六条，到了吃生日蛋糕的时间了。

疫情期间找不到开门的蛋糕店，老婆亲手做了一个。

又收到一位知己好友的祝词：坦荡自若。和煦如你，可扫云烟。余生很长，阳光正好。

2020年农历二月初十，三十六岁本命年生日，即兴

文学的诗歌自有“格调”和“格律”在。但我是不管的。我追求的，是心中的“诗意”和“诗人”存在。
我的诗，恣意纵横，无所顾忌，唯有性情。结集《性情存根》，且当自珍，或有共鸣。
曾经想过用另一个名字，叫《无格集》——无格，有真我；无格，亦自成一格。

我一直对自己比较狠：全年无休，四处漂泊，熬夜创作，隐忍不争，云淡风轻……偶尔，即便一个人，我也会对自己很好：比如吃一顿大餐，比如喝一瓶好酒，比如，拥抱精神世界的诸多超级美好——我在李白坟前和他共饮，我在东坡故地与他神交，我徜徉在康河的柔波里朗诵《再别康桥》，我无论在哪里看到大妈老太在跳广场舞立即自如地加入其中……
呵呵，我是神经病也好，疯子也罢，亦或是“时尚古人大小孩”吧，你不懂我，我不怪你！
随遇而安，自得其乐，我生下来是为了饱览风光，舒展性情，快意江湖，留下精彩和经典，而不是求什么功名利禄和阿谀奉承的虚荣！
于我而言，一瞬间，也是永恒的光！

我的角色定位里，诗人，确为“第一身份”。不过我不是愤世嫉俗、不事生产的诗人，我是追逐世俗梦想、创造价值的诗人。但无论如何，诗人就是诗人。如果你愿意，人生有诗意。我总能发现人间点点滴滴的诗意，于是也才能为品牌做出最好的创意。
唯有诗，无惧风流云散。

——陈亚洲

辑一：自由体

人生哲学三句

苦中作乐。

把悲剧当喜剧过。

在黑暗的世界，让自己发光。

康桥再会吧

我的梦想一直特别
虽也不拒名利
明显更爱的却是
到李白坟前和他喝杯酒
或在西湖边，对着苏东坡的像谈谈天
亦或如这一回
在剑桥，在康河畔
朗诵徐志摩的诗篇
——这于我，实乃幸福的梦圆

在剑桥大学瞎逛
每个人都有方向
……

培根有知识的力量
于是无惧帝王的权杖
图灵最终只剩精神世界
不惜把自己弄残
他的粉丝乔布斯
跟着不惜把“苹果”弄残
……

世间苹果树无数
而牛顿手植的苹果树
仅此一棵
因而不朽——无论树朽不朽
……

最高统帅丘吉尔
雪茄和威士忌成瘾者
写作、演讲、画画无所不能
一国元首而获诺贝尔文学奖

真是排面阔达，光彩响亮
……

罗素崇尚参差多态
谓之幸福的本源
而剑桥——
依我看，正是参差多态的顶级典范

大学最贵者
是相看两不厌的风景
是自由无干涉的气氛
学术最贵者
是空前的发明，是创新的坚韧
人生最贵者
是独立的境界，是赤子的纯真
……

我如何忘得了剑桥呢？
这里的学院
居然以国王和王后命名
气魄何等惊人
……

忘不了的
凌晨四点的漫步
无眠深夜的漫想
扑面而来的漫妙
……
这是我心中的浪漫和珈蓝

我买下剑桥的全套校服
是的，康桥，有朝一日
我还要来的
——除了世俗责任，我还要灵魂深处的学问

再会吧，我的康河柔波

再现吧，我的剑河倒影

下次我再来，你还一样吗？

我呢，一样——也不一样

2019 年 10 月 27 日，英国上午，从剑桥到牛津途中

在杭州遇小荣品勃艮第

在杭州
泛舟西湖，漫步苏堤
小荣发来消息
快来大运河畔凯宾斯基
顶级酒庄庄主齐聚
统统来自勃艮第

我知道
七树醇酿，从来不让人失望
小荣相约，空气弥漫着酒香
我立刻赶来了
久违的知己，新鲜的面容
人人有故事，个个爱佳酿

我们爱慕虚荣
我们追逐名利
我们热衷大牌
……
何曾想过偶尔停下来
此时此地
别无所求
用心亲近着莫尔特、梅芙勒、肖纳
独一无二的味道

独一无二的味道
来自独一无二的温度、湿度和气度
独一无二的味道
来自独一无二的生命、生趣和生机

江湖会再聚
今宵当珍惜

酒局即兴，2019 年 12 月 1 日，在杭州

辑二：绝律歌

自嘲

闰年属鼠春雨贵，鄂西农家喜弄璋。
谦谦君子爱学文，渐渐儒儿自驰张。
灵感充沛笔行健，珠玉纷呈口开光。
道阻且长无所畏，自在性情是天堂。

杭州会红友

重庆乡邻名红友，衣界巨子是吾友。
简单随意大排档，坦荡率真小杯酒。
国中区域任君唤，英伦风光同步走。
今晚举杯临安城，管他醉醒与去留。

赠叶乃方

乃方贯通儒释道，彻悟人生无意义。
众人皆望我满意，几人在乎我满意？
男儿立世当成事，君子终吉总相宜。
千杯不醉但凭君，既连天兮复接地。

赠饶章义

岁月从不负赤子，无管红颜与白头。
荷田相识复相知，每逢广州必聚首。
战略思想常问道，情怀酒肉更何求。
与君六载真莫逆，依然章义同亚洲。

郁达夫故居初访

钓台富江流千古，先生故居拜面初。
名马鞭兮美人累，文比讯翁夜明珠。
俊雅沉沦几变幻，烈士遗恨何悬殊。
风雨茅庐惜梦碎，我慕风流郁达夫。

成都故友再聚

市场一线炮声隆，成都又见杨林兄。
纵横五洲风景异，徜徉四川性情通。
名流俗流沧桑里，儒家道家岁月中。
更有苏家小妹在，多彩缤纷万花筒。

眉山一走

眉州有三苏，相识认字初。
我今来拜首，实慕坡仙风。
千古词章秀，洒脱人格殊。
上可伴玉皇，亦乐乞儿中。
达时草圣旨，遭贬田舍翁。
管他宠与辱，无谓障与通。
西湖修水利，南荒办私塾。
耿直无时宜，但为民请命。
喜烹独家肉，爱居有节竹。
深情悼亡妻，上智交高僧。
正直又过瘾，文曲不二人。
岂止诗与文，子瞻无不能。
心中有东坡，前途复光明。
诗酒趁年华，烟雨任平生。

2019 年 12 月 24 日，初访三苏祠

辑三：长短句

沁园春·2020 元旦心迹

眉山拜苏，渤海欢歌，渝州论骚。
喜风月诗酒，至性至情；狂吟醉时，朝江撒尿。
一丝不苟，一丝不挂，无所畏惧浪潮高。
莫问天，只此时此地，人皆舜尧。

管他名利尘嚣，
吾坦荡纯粹不折腰。
感知者容我，尽显姿彩；误者毁我，我自滔滔。
自由自在，浪漫一生，创作不朽领风骚。
去他妈，新年转旧年，快活今朝。

二零二零元旦，人在秦皇岛醒来